活出生命的本色

朱光潜　史铁生　李银河　等著

北京联合出版公司

图书在版编目（CIP）数据

活出生命的本色 / 朱光潜等著. -- 北京：北京联合出版公司，2024.5
ISBN 978-7-5596-7480-7

Ⅰ.①活… Ⅱ.①朱… Ⅲ.①散文集－中国－当代 Ⅳ.①I267

中国国家版本馆CIP数据核字（2024）第048925号

活出生命的本色

作　　者：朱光潜　等
出 品 人：赵红仕
选题策划：千蔚文
责任编辑：李　伟
内文设计：东合社

北京联合出版公司出版
（北京市西城区德外大街83号楼9层　100088）
北京联合天畅文化传播公司发行
北京美图印务有限公司印刷　新华书店经销
字数137千字　880毫米×1230毫米　1/32　8.5印张
2024年5月第1版　2024年5月第1次印刷
ISBN 978-7-5596-7480-7
定价：45.00元

版权所有，侵权必究
未经书面许可，不得以任何方式转载、复制、翻印本书部分或全部内容
本书若有质量问题，请与本公司图书销售中心联系调换。
电话：010-65868687　010-64258472-800

一个人只要痛快淋漓地生活过，不管善不善终，都称得上幸福了。对于一个洋溢着生命热情的人来说，幸福就在于最大限度地穷尽人生的各种可能性，其中也包括困境和逆境。

目录

Chapter 1

人生贵在行胸臆

人生贵在行胸臆　周国平 ——003

生之欢欣　李银河 ——012

放下与执着　史铁生 ——016

人生有何意义　胡适 ——024

寂寞　陆蠡 ——026

观火　梁遇春 ——032

生命的光荣　庐隐 ——037

为学与做人　梁启超 ——043

Chapter 2

慢慢走，欣赏啊

天真与经验　梁遇春──055

慢慢走，欣赏啊　朱光潜──062

丁香结　宗璞──073

『海阔天空』和『古今中外』　朱自清──076

『这也是生活』……　鲁迅──110

无答之问或无果之行　史铁生──116

哲学与人生　胡适──129

礼教与艺术　杨振声──136

Chapter
———
3

因存在而快乐

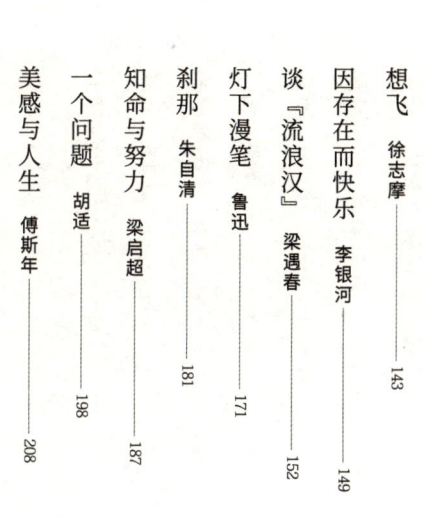

- 想飞　徐志摩 —— 143
- 因存在而快乐　李银河 —— 149
- 谈『流浪汉』　梁遇春 —— 152
- 灯下漫笔　鲁迅 —— 171
- 刹那　朱自清 —— 181
- 知命与努力　梁启超 —— 187
- 一个问题　胡适 —— 198
- 美感与人生　傅斯年 —— 208

Chapter 4

生有热烈，藏于俗常

学会艺术的生活　丰子恺 —— 225

匆匆　朱自清 —— 229

紫藤萝瀑布　宗璞 —— 231

光阴　陆蠡 —— 234

秋天　李广田 —— 240

散文三试　靳以 —— 245

多识于鸟兽草木之名　废名 —— 252

又是一年芳草绿　老舍 —— 256

Chapter

1

人生贵在行胸臆

乐极生悲不足悲,最可悲的是从来不曾乐过,
一辈子稳稳当当,也平平淡淡,那才是白活了一场。

人生贵在行胸臆

周国平

一

读袁中郎全集,感到清风徐徐扑面,精神阵阵爽快。

明末的这位大才子一度做吴县县令,上任伊始,致书朋友们道:"吴中得若令也,五湖有长,洞庭有君,酒有主人,茶有知己,生公说法石有长老。"开卷读到这等潇洒不俗之言,我再舍不得放下了,相信这个人必定还会说出许多妙语。

我的期望没有落空。

请看这一段:"天下有大败兴事三,而破国亡家不与焉。山水朋友不相凑,一败兴也。朋友忙,相聚不久,二败兴也。游非及时,或花落山枯,三败兴也。"

真是非常的飘逸。中郎一生最爱山水,最爱朋友,难怪他写得最好的是游记和书信。

不过,倘若你以为他只是个耽玩的倜傥书生,未免小看了他。《明史》记载,他在吴县任上"听断敏决,公庭鲜事",遂整日"与士大夫谈说诗文,以风雅自命"。可见极其能干,游刃有余。但他是真个风雅,天性耐不得官场俗务,终于辞职。后来几度起官,也都以谢病归告终。

在明末文坛上,中郎和他的两位兄弟是开一代新风的人物。他们的风格,用他评其弟小修诗的话说,便是"独抒性灵,不拘格套,非从自己胸臆流出,不肯下笔"。其实,这话不但说出了中郎的文学主张,也说出了他的人生态度。他要依照自己的真性情生活,活出自己的本色来。他的潇洒绝非表面风流,而是他的内在性灵的自然流露。性者个性,灵者灵气,他实在是个极有个性极有灵气的人。

二

每个人一生中,都曾经有过一个依照真性情生活的时代,那便是童年。孩子是天真烂漫,不肯拘束自己的。他活着整个儿就是在享受生命,世俗的利害和规矩暂时还都不在他眼里。随着年龄增长，染世渐深，俗虑和束缚愈来愈多，原本纯真的孩子才被改造成了俗物。

那么，能否逃脱这个命运呢？很难，因为人的天性是脆弱的，环境的力量是巨大的。随着童年的消逝，倘若没有一种成年人的智慧及时来补救，几乎不可避免地会失掉童心。所谓大人先生者不失赤子之心，正说明智慧是童心的守护神。凡童心不灭的人，必定对人生有着相当的彻悟。

所谓彻悟，就是要把生死的道理想明白。名利场上那班人不但没有想明白，只怕连想也不肯想。袁中郎责问得好："天下皆知生死，然未有一人信生之必死者……趋名骛利，唯日不足，头白面焦，如虑铜铁之不坚，信有死者，当如是耶？"名利的追求是无止境的，官做大了还想更大，钱赚多了还想更多。"未得则前涂为究竟，涂之前又有涂焉，可终究欤？已得则即景为寄寓，寓之中无非寓焉，故终身驰逐而已矣。"在这终身的驰逐中，不再有工夫做自己真正感兴趣的事，接着连属于自己的真兴趣也没有了，那颗以享受生命为最大快乐的童心就这样丢失得无影无踪了。

事情是明摆着的：一个人如果真正想明白了生之必死的道理，他就不会如此看重和孜孜追逐那些到头来一场空的虚名浮利了。他会觉得，把有限的生命耗费在这些事情上，牺牲了对生命本身的享受，实在是很愚蠢的。人生有许多出于自然的享受,例如爱情、友谊、欣赏大自然、艺术创造等等,其快乐远非虚名浮利可比,而享受它们也并不需要太多的物质条件。在明白了这些道理以后,他就会和世俗的竞争拉开距离,借此为保存他的真性情赢得了适当的空间。而一个人只要依照真性情生活,就自然会努力去享受生命本身的种种快乐。用中郎的话说,这叫作:"退得一步,即为稳实,多少受用。"

当然,一个人彻悟了生死的道理,也可能会走向消极悲观。不过,如果他是一个热爱生命的人,这一前途即可避免。他反而会获得一种认识:生命的密度要比生命的长度更值得追求。从终极的眼光看,寿命是无稽的,无论长寿短寿,死后都归于虚无。不止如此,即使用活着时的眼光作比较,寿命也无甚意义。中郎说:"试令一老人与少年并立,问彼少年,尔所少之寿何在,觅之不得。问彼老人,尔所多之寿何在,觅之亦不得。少者本无,多者亦归于无,其无正等。"无论活多活少,谁都活在此刻,此刻之前的时间已经永远消逝,没有人能把它们抓在手中。所以,与其贪图活得长久,不如争取活得痛快。中郎引惠开的话说:"人生不得行胸臆,纵年百岁犹为夭。"就是这个意思。

三

我们或许可以把袁中郎称作享乐主义者,不过他所提倡的乐,乃是合乎生命之自然的乐趣,体现生命之质量和浓度的快乐。在他看来,为了这样的享乐,付出什么代价也是值得的,甚至这代价也成了一种快乐。

有两段话,极能显出他的个性的光彩。

在一处他说"世人所难得者唯趣",尤其是得之自然的趣。他举出童子的无往而非趣,山林之人的自在度日,愚不肖的率心而行,作为这种趣的例子。然后写道:"自以为绝望于世,故举世非笑之不顾也,此又一趣也。"凭真性情生活是趣,因此遭到全世界的反对又是趣,从这趣中更见出了怎样真的性情!

另一处谈到人生真乐有五,原文太精彩,不忍割爱,照抄如下:

"目极世间之色,耳极世间之声,身极世间之鲜,口极世间之谭,一快活也。堂前列鼎,堂后度曲,宾客满席,男女交舄,烛气熏天,珠翠委地,皓魄入帐,花影流衣,二快活也。箧中藏万卷书,书皆珍异。宅畔置一馆,馆中约真正同心友十余人,人中立一识见极高,如司马迁、罗贯中、关汉卿者为主,分曹部署,各成一书,远文唐宋酸儒之陋,近完一代未竟之篇,三快活也。千金买一舟,舟中置鼓吹一部,妓妾数人,游闲数人,泛家浮宅,不知老之将至,四快活也。然人生受用至此,不及十年,家资田产荡尽矣。然后一身狼狈,朝不谋夕,托钵歌妓之院,分餐孤老之盘,往来乡亲,恬不知耻,五快活也。"

前四种快活,气象已属不凡,谁知他笔锋一转,说享尽人生快乐以后,一败涂地,沦为乞丐,又是一种快活!中郎文中多这类飞来之笔,出其不意,又顺理成章。世人常把善终视作幸福的标志,其实经不起推敲。若从人生终结看,善不善终都是死,都无幸福可言。若从人生过程看,一个人只要痛快淋漓地生活过,不管善不善终,都称得上幸福了。对于一个洋溢着生命热情的人来说,幸福就在于最大限度地穷尽人生的各种可能性,其中也包括困境和逆境。极而言之,乐极生悲不足悲,最可悲的是从来不曾乐过,一辈子稳稳当当,也平平淡淡,那才是白活了一场。

中郎自己是个充满生命热情的人,他做什么事都兴致勃勃,好像不要命似的。爱山水,便说落雁峰"可值百死"。爱朋友,便叹"以友为性命"。他知道"世上希有事,未有不以死得者",值得要死要活一番。读书读到会心处,便"灯影下读复叫,叫复读,僮仆睡者皆惊起",真是忘乎所以。他爱女人,坦陈有"青娥之癖"。他甚至发起懒来也上瘾，名之"懒癖"。

关于癖，他说过一句极中肯的话："余观世上语言无味面目可憎之人，皆无癖之人耳。若真有所癖，将沉湎酣溺，性命死生以之，何暇及钱奴宦贾之事。"有癖之人，哪怕有的是怪癖恶癖，终归还保留着一种自己的真兴趣真热情，比起那班名利俗物来更是一个活人。当然，所谓癖是真正着迷，全心全意，死活不顾。譬如巴尔扎克小说里的于洛男爵，爱女色爱到财产名誉地位性命都可以不要，到头来穷困潦倒，却依然心满意足，这才配称好色，那些只揩油不肯作半点牺牲的偷香窃玉之辈是不够格的。

四

一面彻悟人生的实质，一面满怀生命的热情，两者的结合形成了袁中郎的人生观。他自己把这种人生观与儒家的谐世、道家的玩世、佛家的出世并列为四，称作适世。若加比较，儒家是完全入世，佛家是完全出世，中郎的适世似与道家的玩世相接近，都在入世出世之间。区别在于，玩世是入世者的出世法，怀着生命的忧患意识逍遥世外，适世是出世者的入世法，怀着大化的超脱心境享受人生。用中郎自己的话说，他是想学"凡间仙，世中佛，无律度的孔子"。

明末知识分子学佛参禅成风，中郎是不以为然的。他"自知魔重"，"出则为湖魔，入则为诗魔，遇佳友则为谈魔"，舍不得人生如许乐趣，绝不肯出世。况且人只要生命犹存，真正出世是不可能的。佛祖和达摩舍太子位出家，中郎认为是没有参透生死之理的表现。他批评道："当时便在家何妨，何必掉头不顾，为此偏枯不可训之事？似亦不圆之甚矣。"人活世上，如空中鸟迹，去留两可，无须拘泥区区行藏的所在。若说出家是为了离生死，你总还带着这个血肉之躯，仍是跳不出生死之网。若说已经看破生死，那就不必出家，在网中即可作自由跳跃。死是每种人生哲学不可回避的根本问题。中郎认为，儒道释三家，至少就其门徒的行为看，对死都不甚了悟。儒生"以立言为不死，是故著书垂训"，道士"以留形为不死，是故锻金炼气"，释子"以寂灭为不死，是故耽心禅观"，他们都企求某种方式的不死。而事实上，"茫茫众生，谁不有死，堕地之时，死案已立。"不死是不可能的。

那么，依中郎之见，如何才算了悟生死呢？说来也简单，就是要正视生之必死的事实，放下不死的幻想。他比较赞赏孔子的话："朝闻道，夕死可矣。"一个人只要明白了人生的道理，好好地活过一场，也就死而无憾了。既然死是必然的，何时死，缘何死，便完全不必在意。他曾患呕血之病，担心必死，便给自己讲了这么一个故事：有人在家里藏一笔钱，怕贼偷走，整日提心吊胆，频频查看。有一天携带着远行，回来发现，钱已不知丢失在途中何处了。自己总担心死于呕血，而其实迟早要生个什么病死去，岂不和此人一样可笑？这么一想，就宽心了。

总之，依照自己的真性情痛快地活，又抱着宿命的态度坦然地死，这大约便是中郎的生死观。

未免太简单了一些！然而，还能怎么样呢？我自己不是一直试图对死进行深入思考，而结论也仅是除了平静接受，别无更好的法子？许多文人，对于人生问题作过无穷的探讨，研究过各种复杂的理论，在兜了偌大圈子以后，往往回到一些十分平易质实的道理上。对于这些道理，许多文化不高的村民野夫早已了然于胸。不过，倘真能这样，也许就对了。罗近溪说："圣人者，常人而肯安心者也。"中郎赞"此语抉圣学之髓"，实不为过誉。我们都是有生有死的常人，倘若我们肯安心做这样的常人，顺乎天性之自然，坦然于生死，我们也就算得上是圣人了。只怕这个境界并不容易达到呢。

生 之 欢 欣

李银河

在没病没灾身心俱健的时候，常常能感觉到生命的欢欣。

首先，我们每个人能够生而为人，在浩渺宇宙中是一个极小概率的事件，是中了一个获奖率为百万分之一的大奖：宇宙中有高智能生物的星球或许只有百万分之一吧，而在地球上万千物种当中能生而为人的概率又比百万分之一还要小。此外，人类当中有那么多人要遭受那么多的灾难：饥饿、寒冷、疾病、早夭，如此等等，不一而足，而能够身心健康地愉快地活着，这概率又是多么小。思虑至

Chapter 1
人生贵在行胸臆

此,难道还不应为自己的幸运感到欢欣吗?

其次,大自然是多么美,天空湛蓝,几团白云缓缓飘过,如梦如幻。即使是阴天,乌云凝重地堆在天际,海水从宝蓝色改变为略带黄色的草绿,人却并不会因此感到压抑,反而想起早期写实主义油画大师笔下的大海与天空,仿佛身临其境,身在画中。傍晚时,美丽的晚霞镶着夕阳的金边,每天都不会重样,其千姿百态的绚丽超越所有艺术大师的想象。绿绿的椰子树在微风中翩翩起舞,沙滩上一种叫不出名字的绿叶植物茂盛地贴地生长,把长长的枝条尽力伸向大海,在涨潮时,几乎能够触到热情地奔上岸边的浪花。沉浸在大自然无言的美丽当中,怎能不感到生命的欢欣?

再次,人类的情感是多么美好。父母的慈爱,子女的娇憨,爱人的缠绵,友人的温暖,这一切怎能不让人深深陶醉?父母虽然都有各自的烦恼,但是他们只要一见到我们,脸上就会露出发自内心的微笑,他们是那么爱我们,虽然他们从来不说,可是我们心里就是知道。子女在牙牙学语时半懂不懂地说出的大人话常常令我们忍俊不禁;六岁的小儿子无意中吟出的一句"美丽的妈妈开满山坡"令全家津津乐道至今;出差时上小学的儿子在电话里说的一句"想你了"登时让人泪流满面。爱情的美好感觉就更不必说,当你心里知道他说你是"无价之宝"并不是什么俗套的甜言蜜语而是他内心深处对你的感觉时,那种自豪与欣喜是语言难以形容的。与知音好友谈天说地,海阔天空,相互欣赏,相互激励,偶尔心有灵犀地会心一笑,竟能使人感到自己在这个世界上不再孤独,心中如沐春风,如浴冬日,也是人世间少有的美好感觉。沉浸在美好的亲情、爱情和友情当中,怎能不感到生命的欢欣?

最后,人类的物质和精神产品是多么丰富,多么美好,能给我们带来多少身心的舒适和愉悦。不用普鲁斯特的小玛德莱娜糕点,就是普普通通的大白馒头也能给从小习惯面食的肠胃带来美味的感觉;在暑热难当的夏夜,空调吹来的凉风能胜过杨贵妃独啖荔枝的感觉;写作时作为音乐背景的亨德尔的室内乐使人感到优雅悦耳,文思泉涌;卢浮宫里的画作雕塑令人赏心悦目,叹为观止;构思稍微精巧一些的侦探小说都能令人心痒难耐,欲罢不能,更不用说出自文学艺术大师手笔的真正美好的艺术品给人带来的无穷无尽的喜悦和享受的感觉。有一瞬间,你觉得大师就坐在你的身边,他们用深邃、充满智慧的目光直视着你,一丝笑意倏忽闪现,使你觉得心中无比熨帖,快感渗入心田。天天沉浸在如许的快乐当中,如何能够不感到生命的欢欣?

归根结底,所有这些眼耳鼻舌身对外部世界的视觉、听觉、嗅觉、味觉和触觉最终还是要回到自身,经历最后一道手续:剔除了所有肮脏烦乱的坏的观感,只留下那些美好的观感。做个聪明人,严格把关,严格筛选,非美勿视,非美勿听,非美勿言,非美勿动,安能不时时处处感到生之欢欣?

放下与执着

史铁生

几位老友，不常见面，见了面总劝我"放下"。放下什么呢？没说，断续劝我："把一切都放下，人就不会生病。"我发现我有点儿狡猾了，明知那是句佛家经常的教诲（比如"放下屠刀，立地成佛"；"屠刀"也不专指索命的器具，是说一切执迷），却佯装不知。佯装不知，是因为我心里着实有些不快；可见嗔心确凿，是要放下的。何致不快呢？从那劝导中我听出了一个逆推理：你所以多病，就因为你没放下。逆推理中又含了一条暗示：我为什么身体好呢？全都放下了。

Chapter 1
人生贵在行胸臆

既知嗔心确在，就别较劲儿。坐下，喝茶，说点儿别的。可谁料，一晚上，主张放下的几位却始终没放下几十年前的"文革"旧怨，那时谁把谁怎样了吧，谁和谁是一派的吧，谁表面如何其实不然呀，等等。就不说这"谁"字具体是指谁了吧，总归不是"他"或"他们"，就是"我"和"我们"。

所以，放下什么才是真问题。比如说：放下烦恼，也放下责任吗？放下怨恨，也放下爱愿吗？放下差别心，难道连美丑、善恶都不要分？放下一切，既不可能，也不应该。总不会指着什么都潇洒地说一声"放下"，就算有了佛性吧？当然，万事都不往心里去可以是你的选择，你的自由，但人间的事绝不可以是这样，也从来没有这样过。举几个例子吧：是执着于教育的人教会了你读书，包括读经。是执着于种田的人保障着众人的温饱，你才有余力说"放下"。惟因有了执着于交通事业的人，老友们才得聚来一处喝茶。若无各门各类的执着者，咱这会儿还在钻木取火呢，还是连钻木取火也已经放下？

错的不是执着，是执迷，有些谈佛论道的书中将这两个词混用，窃以为十分不妥。"执迷"的意思，差不多是指异化、僵化、故步自封、知错不改。何致如此呢？

无非"名利"二字。但谋生，从而谋利，只要合法，就不是迷途。名却厉害；温饱甚至富足之后，价值感，常把人弄得颠三倒四。谋利谋到不知所归，其实也是在谋名了——优越感，或价值感。价值感错了吗？人要活得有价值，不对吗？问题是，在这个一切都可以卖的时代，价值的解释权通常是属于价格的，价值感自也是亦步亦趋。

价值和价格的差距本属正当。但这差距却无从固定，可以很大，也可以很小，当然这并非坏事，这正是经济学所赞美的那只市场的无形之手。可这只手，一旦显形为铺天盖地的广告，一旦与认钱不认货的媒体相得益彰，事情就不一样了。怎么不一样？只要广告深入人心，东西好坏倒不要紧了——好也未必就卖得好，不好也未必就卖不好。媒体和广告沆瀣一气，大约是经济学未及引入的一个——几乎没有底线的——参数。是呀，倘那无形或有形的手也成了商品，又靠谁来调节它呢？价格既已不认价值这门亲，价值感孤苦无靠去拜倒在价格门下，也就不是什么难解的题。而这逻辑，一旦以"更高、更快、更强"的气势，超越经济，走进社会各个领域，耳边常闻的关键词就只有利润、码洋、票房和收视率了。另有四个词在悄声附和：房子、车子、股市、化疗。此即执迷。

而"执着"与"执迷"不分，本身就是迷途。这世界上有爱财的，有恋权的，有图名的，有什么都不为单是争强好胜的。人们常管这叫欲壑难填，叫执迷不悟，都是贬义。但爱财的也有比尔·盖茨，他既能聚财也能理财，更懂得财为何用，不好吗？恋权的嘛，也有毛遂自荐的敢于担当，也有种种"举贤不避亲"的言与行，不对吗？图名的呢？雷锋，雷锋及一切好人！他们不图名？愿意谁说他们没干好事，不是好人？不过是不图虚名、假名。争强好胜也未必就不对，阿姆斯特朗怎么样，那个身患癌症还六次夺得环法自行车赛冠军的人？对这些人，大家怎么说？会说他执迷？会请他放下吗？当然不，相反人们会赞美他们的执着——坚持不懈、百折不挠、矢志不渝，都是褒奖。

主张"一切都放下"，或"执着"与"执迷"分不清，是否正应了佛家的另一个关键词——"无明"呢？

"无明"就是糊涂。但糊涂分两种。一种叫顽固不化，朽木难雕，不可教也，"无明"应该是指这一种。另一种，比如少小无知，或"山重水复疑无路"，这不能算"无明"，这是"柳暗花明又一村"的前奏；是成长壮大的起点。而郑板桥的"难得糊涂"已然是大智慧了。

后一种糊涂，是错误吗？执着地想弄明白某些尚且糊涂着的事物，不应该吗？比如一件尚未理清的案件，一处尚未探明的矿藏，一项尚未完善的技术、对策或理论。这正是坚持不懈者施才展志的时候呀，怎倒要知难而退者来劝导他呢？严格说，我们的每一步其实都在不完善中，都在不甚明了中，甚至是巨大的迷茫之中，因而每时每刻都可能走对了，也都可能走错了。问题是人没有预知一切的能力，那么，是应该就此放下呢，还是要坚持下去？设想，对此，佛祖会取何态度？干脆"把一切都放下"吗？那就要问了：他压根儿干吗要站出来讲经传道？他看得那么深、那么透，干吗不统统放下？他曾经糊涂，曾经烦恼，但他放得下王子之位却放不下生命的意义，所以才有那锲而不舍的苦行，才有那菩提树下的冥思苦想。难道他就是为了让后人把一切都放下，没病没灾然后啥都无所谓？该想的佛都想了各位就甭想了，该受的佛都受了各位就甭再受了，该干的佛也都干了各位啥心也甭操了——有这事儿？恐怕，盼望这事儿的，倒是执迷不悟。

可是，哪能谁都有佛祖一样的智慧呢？我等凡人，弄不好一错再错，苦累终生，倒不如尘缘尽弃，早得自在吧。可是，怕错，就不是执着？怕苦，就不是执着？一身享用着别人执着的成果，却一心只图自在，不是执着？不是执着，是执迷！佛祖要是这般明哲保身，犯得上去那菩提树下饱经折磨吗？偷懒的人说一句"放下"多么轻松，又似多么明达，甚至还有一份额外的"光荣"——价值感，却不去想那菩提树下的所思所想，却不去辨别什么要放下、什么是不可以放下的，结果是弄一个价值虚无来骗自己，蒙大家。

老实说，我——此一姓史名铁生的有限之在，确是个贪心充沛的家伙，天底下的美名、美物、美事没有他没想（要）过的，虽然我并不认为这是他多病的原因。不过，此一史铁生确曾因病得福。二十一岁那年，命运让这家伙不得不把那些充沛的东西——绝不敢说都放下了，只敢说——暂时都放一放。特别要强调的是，这"暂时都放一放"，绝非觉悟使然，实在是不得已而为之。先哲有言："愿意的，命运领着你走；不愿意的，命运拖着你走。"我就是那"不愿意"而被"拖着走"的。被拖着走了二十几年，一日忽有所悟：那二十一岁的遭遇以及其后的三十几年的被拖，未必不是神恩——此一铁生并未经受多少选择之苦，便被放在了"不得不放一放"的地位，真是何等幸运的事情！虽则此一铁生生性愚顽，放一放又拿起来，拿起来又不得不再放一放，至今也不能了断尘根,也还是得了一些恩宠的。我把这感想说给某位朋友,那朋友忒善良,只说我是谦虚。我谦虚?更有位智慧的朋友说我:他谦虚?他骨子里了不得!这"了不得",估计也是"贪心充沛"的意思。前一位是爱我者,后一位是知我者。不过,从那时起,我有点儿被"领着走"的意思了。

如今已是年近花甲。也读了些书,也想了些事,由衷感到,尼采那一句"爱命运"真是对人生态度之最英明的指引。当然不是说仅仅爱好的命运,而是说对一切命运都要持爱的态度。爱,再一次表明与"喜欢"不同,谁能喜欢坏运气呢?但是你要爱它。就好比抓了一手坏牌,你骂它?恨它?耍着赖要重新发牌?当然你不喜欢它,但你要镇静,对它说"是",而后看你如何能把这一手坏牌打得精彩。

大凡能人,都嫌弃宿命,反对宿命。可有谁是能力无限的人吗?那你就得承认局限。承认局限,大家都不反对,但那就是承认宿命啊。承认它,并不等于放弃你的自由意志。浪漫点儿说就是:对舞蹈说是,然后自由地跳。这逻辑可以引申到一切领域。

所以,既得有所"放下",又得有所"执着"——放下占有的欲望，执着于行走的努力。放不下前者的，必至贪、嗔、痴。连后者也放下的，难免还是贪、嗔、痴。看一切都是无意义的人，怎么可能会爱命运？不爱命运，必是心中多怨。怨，涉及人即是嗔——他人不合我意；涉及物即是痴——世界不可我心，仔细想来都是一条贪根使然。

人生有何意义

胡适

一 答某君书

……我细读来书,终觉得你不免作茧自缚。你自己去寻出一个本不成问题的问题,"人生有何意义?"其实这个问题是容易解答的。人生的意义全是各人自己寻出来,造出来的:高尚,卑劣,清贵,污浊,有用,无用,……全靠自己的作为。生命本身不过是一件生物学的事实,有什么意义可说?生一个人与一只猫,一只狗,有什么分别?人生的意义不在于何以有生,而在于自己怎样生活。你若情愿把这六尺之躯葬送在白昼作梦之上,那就是你这一生的意义。你若发愤振作起来，决心去寻求生命的意义，去创造自己的生命的意义，那么，你活一日便有一日的意义，做一事便添一事的意义，生命无穷，生命的意义也无穷了。

总之，生命本没有意义，你要能给它什么意义，它就有什么意义。与其终日冥想人生有何意义，不如试用此生做点有意义的事。……

民国十七年一月廿七日

二 为人写扇子的话

知世如梦无所求，无所求心普空寂。
还似梦中随梦境，成就河沙梦功德。

王荆公小诗一首，真是有得于佛法的话。认得人生如梦，故无所求。但无所求不是无为。人生固然不过一梦，但一生只有这一场做梦的机会，岂可不努力做一个轰轰烈烈像个样子的梦？岂可糊糊涂涂懵懵懂懂混过这几十年吗？

民国十八年五月十三日

寂 寞

陆蠡

当一个人独处的时候，当他孑身作长途旅行的时候，当幸福和欢乐给他一个巧妙的嘲弄，当年和月压弯了他的脊背，使他不得不躲在被遗忘的角落，度厌倦的朝暮，那时人们会体贴到一个特殊的伴侣——寂寞。

寂寞如良师，如益友，它在你失望的时候来安慰你，在你孤独的时候来陪伴你，但人们却不喜爱寂寞。如苦口的良友，人们疏离它，回避它，躲闪它。终于有一天人们会想念它，寻觅它，亲近它，甚至不愿离开它。

愿意听我说我是怎样和寂寞相习的么？

Chapter 1
人生贵在行胸臆

幼小的时候，我有着无知的疯狂。我追逐快乐，像猎人追赶一只美丽的小鹿。这是敏捷的东西，在获不到它的时候它的影子是一种诱惑和试探。我要得到它，我追赶。它跑在我的面前。我追得愈紧，它跑得愈快。我越过许多障碍和困难，如同猎人越过丘山和林地，最后，在失望的草原上失去了它。一如空手回来的猎人，我空手回来，拖着一身的疲倦。我怅惘，我懊丧，我失去了勇气，我觉得乏力。为了这得不到的快乐我是恹恹欲病了，这时候有一个声音拂过我的耳际，像是一种安慰：

"我在这里招待你，当你空手回来的时候。"

"你是谁？"

"寂寞。"

"我还有余勇追赶另一只快乐呢？"我倔强地回答。

我可是没有追赶新的快乐。为了打发我的时间，我埋头在一些回忆上面。如同植物标本的采集者，把无名的花朵采集起来，把它压干，保存在几张薄纸中间，我采撷往事的花朵，把它保存在记忆里面。"回忆中的生活是愉快的。"我说。"我有旧的回忆代替新的快乐。"不幸，当我认真去回忆，这些回忆又都是些不可捉摸的东西。犹如水面的波纹，一漾即灭。又如镜里的花影，待你伸手去捡拾，它的影子便被遮断消失,而你只有一只空手接触在冰冷的玻璃面上。我又失败了。"没有记忆的日子,像一本没有故事的书!"我感到空虚,是近乎一种失望。于是复有个关切的声音向我嘤然细语:

"我在这里陪伴你,当你失去回忆的时候。"

"谁的声音?"我心中起了感谢。

"寂寞。"

我没有接近它,因为我另有念头。

我有另一个念头。我不再追赶快乐,不再搜寻记忆,我想捞获些别的人世的东西。像一个劳拙的蜘蛛,在昏晓中织起捕虫的网,我也织网了。我用感情的黏丝,织成了一个友谊的网,用来捞捉一点人世的温存。想不到给我捞住的却是意外的冷落。无由的风雨复吹破了我的经营,教我无从补缀。像风雨中的蜘蛛,我蜷伏在灰心的檐下,望着被毁的一番心机,味到一种悲凉,这又是空劳了,我和我的网!

"请接受我的安慰罢,在你空劳之后。"

这是寂寞的声音。

我仍然有几分傲岸,我没有接受它的好意。

岁月使我的年龄和责任同时长大，我长大了去四方奔走，为要寻找黄金和幸福。不，我是寻找自由和职业。我离开温暖的屋顶下，去暴露在道途上。我在路上度过许多寒暑。我孤单地登上旅途，孤单地行路，孤单地栖迟，没有一个人作伴。世上，尽有的是行人，同路的却这般稀少！夏之晨，冬之夕，我受等待和焦盼的煎熬。我希望能有人陪伴我，和我抵掌长谈，把我的劳神和辛苦告诉他，把我的希望和志愿告诉他，让我听取他的意见，他的批评……但是无人陪伴我，于是，寂寞又来接近我说：

"请接受我的陪伴。"

如同欢迎一个老友，我伸手给它，我开始和寂寞相习了。

我和寂寞相安了。沉浮的人世中我有时也会疏离寂寞。寂寞却永远陪伴我，守护我，我不自知。几天前，我走进一间房间。这房里曾住着我的友人。我是习惯了顺手推门进去的，当时并未加以注意。进去后我才意识到友人刚才离开。友人离开了，没留下辞别的话却留下一地乱纸。恍如撕碎了的记忆，这好像是情感的毁伤。我怅然望着这堆乱纸，望着裸露的卸去装饰的墙壁，和灰尘开始积集的几凳，以及扃闭着的窗户。我有着一种奇怪的企待，我心盼会有人来敲这门，叩这窗户。我希望能够听见一个剥啄的声音。忘了一句话，忘了一件东西，回来了，我将是如何喜悦！我屏息谛听，我听见自己呼吸的声音和心脏的跳动。室内外仍是一片沉寂。过度的注意使我的神经松弛无力，我坐下来，头靠在手上，"不会来了，不会来了。"我自言自语着。

"不要忘记我。"一个低沉难辨的声音。

我握上门柄，心里有一种紧张。

"我是寂寞，让我来代替离去的友人。"

"别人都离开而你来了。愿你永远陪伴我！"

啊！情感是易变的，背信的，寂寞是忠诚的不渝的。和寂寞相处的时候，我心地是多么坦白，光明！寂寞如一枚镜，在它的面前可以照见我自己，发现我自己。我可以在寂寞的围护中和自己对语，和另一个"我"对语，那真正的独白。

如今我不想离开它，我需要它作伴。我不是憎世者，一点点自私和矜持使我和寂寞接近。当我在酣热的场中，听到欢乐的乐曲，我有点多余的感伤，往往曲未终前便想离开，去寻找寂寞。音乐是银的，无声的音乐是金的。寂寞是无声的音乐。

寂寞是怎模样？我好像能够看到它，触摸到它，听见它。它好像是没有光波的颜色，没有热的温度，和没有声浪的声音。它接近你，包围你，如水之包围鱼，使你的灵魂得在它的氛围中游泳，安息。

观 火

梁遇春

独自坐在火炉旁边，静静地凝视面前瞬息万变的火焰，细听炉里呼呼的声音，心中是不专注在任何事物上面的，只是痴痴地望着炉火，说是怀一种惆怅的情绪，固然可以，说是感到了所有的希望全已幻灭，因而反现出恬然自安的心境，亦无不可。但是既未曾达到身如槁木，心如死灰的地步，免不了有许多零碎的思想来往心中，那些又都是和"火"有关的，所以把它们集在"观火"这个题目底下。

火的确是最可爱的东西。它是单身汉的最好伴侣。寂寞的小房里面，什么东西都是这么寂静的，无生气的，现

Chapter 1
人生贵在行胸臆

出呆板板的神气，惟一有活气的东西就是这个无聊赖地走来走去的自己。虽然是个甘于寂寞的人，可是也总觉得有点儿怪难过。这时若使有一炉活火，壁炉也好，站着有如庙里菩萨的铁炉也好，红泥小火炉也好，你就会感到宇宙并不是那么荒凉了。火焰的万千形态正好和你心中古怪的想象携手同舞，倘然你心中是枯干到生不出什么黄金幻梦，那么体态轻盈的火焰可以给你许多暗示，使你自然而然地想入非非。她好像但丁《神曲》里的引路神，拉着你的手，带你去进荒诞的国土。人们只怕不会做梦，光剩下一颗枯焦的心儿，一片片逐渐剥落。倘然还具有梦想的能力，不管做的是狰狞凶狠的噩梦，还是融融春光的甜梦，那么这些梦好比会化雨的云儿，迟早总能滋润你的心田。看书会使你做起梦来，听你的密友细诉衷曲也会使你做梦，晨曦，雨声，月光，舞影，鸟鸣，波纹，桨声，山色，暮霭……都能勾起你的轻梦，但是我觉得火是最易点着轻梦的东西。我只要一走到火旁，立刻感到现实世界的重压一一消失，自己浸在梦的空气之中了。有许多回我拿着一本心爱的书到火旁慢读，不一会儿，把书搁在一边，却不转睛地尽望着火。那时我觉得心爱的书还不如火这么可喜。它是一部活书。对着它真好像看着一位大作家一字字地写下他的杰作，我们站在一旁跟着读去。火是一部无始无终，百读不厌的书，你那回看到两个形状相同的火焰呢！拜伦说："看到海而不发出赞美词的人必定是个傻子。"我是个沧海曾经的人，对于海却总是漠然的，这或者是因为我会晕船的缘故罢！我总不愿自认为傻子。但是我每回看到火，心中常想唱出赞美歌来。若使我们真有个来生，那么我只愿下世能够做一个波斯人，他们是真真的智者，他们晓得拜火。

记得希腊有一位哲学家——大概是 Zeno 罢——跳到火山的口里去，这种死法真是痛快。在希腊神话里，火神（Hephaestus or Vulcan）是个跛子，他又是一个大艺术家。天上的宫殿同盔甲都是他一手包办的。当我靠在炉旁时候，我常常期望有一个黑脸的跛子从烟里冲出，而且我相信这位艺术家是没有留了长头发同打一个大领结的。

在《现代丛书》(Modern Library) 的广告里，我常碰到一个很奇妙的书名，那是唐南遮（D'annunzio）的长篇小说《生命的火焰》(The Flame of Life)。唐南遮的著作我一字都未曾读过，这本书也是从来没有看过的，可是我极喜欢这个书名，《生命的火焰》这个名字是多么含有诗意，真是简洁地说出人生的真相。生命的确是像一朵火焰，来去无踪，无时不是动着，忽然扬焰高飞，忽然销沉将熄，最后烟消火灭，留下一点残灰，这一朵火焰就再也燃不起来了。我们的生活也该像火焰这样无拘无束，顺着自己的意志狂奔，才会有生气，有趣味。我们的精神真该如火焰一般地飘忽莫定，只受里面的热力的指挥，冲倒习俗，成见，道德种种的藩篱，一直恣意干去，任情飞舞，才会迸出火花，幻出五色的美焰。否则阴沉沉地，若存若亡地草草一世，也辜负了创世主叫我们投生的一番好意了。我们生活内一切值得宝贵的东西又都可以用火来打比。热情如沸的恋爱，创造艺术的灵悟，虔诚的信仰，求知的欲望，都可以拿火来做象征。Heraclitus 真是绝等聪明的哲学家，他主张火是宇宙万物之源。难怪得二千多年后的柏格森诸人对着他仍然是推崇备至。火是这么可以做人生的象征的，所以许多民间的传说都把人的灵魂当做一团火。爱尔兰人相信一个妇人若使梦见一点火花落在她口里或者怀中，那么她一定会怀孕，因为这是小孩的灵魂。希腊神话里，Prometheus 做好了人后，亲身到天上去偷些火下来，也是这种的意思。有些诗人心中有满腔的热情，灵魂之火太大了，倒把他自己燃烧成灰烬，短命的济慈就是一个好例子。可惜我们心里的火都太小了，有时甚至于使我们心灵感到寒战，怎么好呢？

我家乡有一句土谚："火烧屋好看，难为东家。"火烧屋的确是天下一个奇观。无数的火舌越梁穿瓦，沿窗冲天地飞翔，弄得满天通红了，仿佛地球被掷到熔炉里去了，所以没有人看了心中不会起种奇特的感觉，据说尼罗王因为要看大火，故意把一个大城全烧了，他可说是知道享福的人，比我们那班做酒池肉林的暴君高明得多。我每次听到美国那里的大森林着火了，燃烧得一两个月，我就怨自己命坏，没有在哥仑比亚大学当学生。不然一定要告个病假，去观光一下。

许多人没有烟瘾，抽了烟也不觉得什么特别的舒服，却很喜欢抽烟，违了父母兄弟的劝告，常常抽烟，就是身上只剩一角小洋了，还要拿去买一盒烟抽，他们大概也是因为爱同火接近的缘故罢！最少，我自己是这样的。所以我爱抽烟斗，因为一斗的火是比纸烟头一点儿的火有味得多。有时没有钱买烟，那么拿一匣的洋火，一根根擦燃，也很可以解这火瘾。

离开北方已经快两年了，在南边虽然冬天里也生起火来，但是不像北方那样一冬没有熄过地烧着，所以我现在同火也没有像在北方时那么亲热了。回想到从前在北平时一块儿烤火的几位朋友，不免引起惆怅的心情，这篇文字就算做寄给他们的一封信罢！

十九年元旦试笔。

生命的光荣
——叩苍从狱中寄来的信

庐隐

这阴森惨凄的四壁，只有一线的亮光，闪烁在这可怕的所在。暗陬里仿佛狞鬼睁视，但是朋友！我诚实地说吧，这并不是森罗殿，也不是九幽十八层地狱，这原来正是覆在光天化日下的人间哟！

你应当记得那一天黄昏里，世界逞一种异样的淆乱，空气中埋伏着无限的恐惧，我们正从十字街头走过。虽然西方的彩霞，依然罩在滴翠的山巅，但是这城市里是另外包裹在黑幕中，所蓄藏的危机时时使我们震惊。后来我们看见槐树上，挂着血淋淋的人头，峰如同失了神似"哎哟"一声，用双手掩着两眼，忙忙跑开。回来之后，大家的心魂都仿佛不曾归窍似的。过了很久峰才舒了一口气，凄然叹道："为什么世界永远的如是惨淡？命运总是如饿虎般，张口向人间搏噬！？"自然啦，峰当时可算是悲愤极了。不过朋友你知道吧！不幸的我，一向深抑的火焰，几乎悄悄焚毁了我的心，那时我不由的要向天发誓，我暗暗咒诅道："天！这纵使是上苍的安排，我必以人力挽回，我要扫除毒氛恶气，我要向猛虎决斗，我要向一切的强权抗衡……"这种的决心我虽不曾明白告诉你们，但是朋友只要你曾留意，你应当看见我眼内爆烈的火星。

后来你们都走了，我独自站在院子里，只见宇宙间充满了冷月寒光，四境如死的静默，我独自厮守着孤影。我曾怀疑我生命的荣光，在这世界上，我不是巍峨的高山，也不是湛荡的碧海，我真微小：微小如同阴沟里的萤虫，又仿佛冢间闪荡的鬼火，有时虽也照见芦根下横行跋扈的螃蟹，但我无力使这霸道的足迹，不在人间践踏。

朋友！我独立凄光下，由寂静中，我体验出我全身血液的滚沸，我听见心田内起了爆火。我深自惊讶，呵！朋友！我永远不能忘记，那一天在马路上所看见的惨剧，你

Chapter 1
人生贵在行胸臆

应也深深地记得：

那天似乎怒风早已诏示人们，不久将有可怕的惨剧出现。我们正在某公司的楼上，向那热闹繁华的马路瞭望，忽见许多青年人，手拿白旗向这边进行。忽然间人声鼎沸如同怒潮拍岸，又像是突然来了千军万马。这一阵紊乱，真不免疑心是天心震怒。我们正摸不着头脑的时候，忽听霹拍一阵连珠炮响。呵，完了！完了！火光四射，赤血横流。几分钟之后，人们有的发狂似的掩面而逃，有的失神发怔。等到马路上人众散尽，唉！朋友！谁想到这半点钟以前，车水马龙的大马路，竟成了新战场！愁云四裹，冷风凄凄，魂凝魄结，鬼影憧憧，不但行人避路，飞鸦也不敢停留，几声哑哑飞向天闾高处去了。

朋友！我恨呵！我怒呵！当时我不住用脚跺那楼板，但是有什么用处，只不过让那些没有同情的人类，将我推操下楼。我是弱者，我只得含着眼泪回家，我到了屋里，伏枕放量痛哭。我哭那锦绣河山，污溅了凌践的血腥，我哭那皇皇中华民族，被虎噬狼吞的奇辱，更哭那睡梦沉酣的顽狮，白有好皮囊，原来是百般撩拨，不受影响。唉！天呵！我要叩穹苍，我要到碧海，虔诚地求乞醒魂汤。

可怜我走遍了荒漠，经过崎岖的山峦，涉过汹涌的碧

海，我尚未曾找到醒魂汤，却惹恼了为虎作伥的厉鬼，将我捉住，加我以造反的罪名，于是我从料峭山巅，陨落在这所谓人间的人间。

朋友！在我的生命史上，我很可以骄傲，我领略过玉软香温的迷魂窟的生活，我品过游山逛海的道人生活……现在我要深深尝尝这囚牢的滋味，所以我被逮捕的时候，我并不诅咒，做了世间的人，岂可不遍尝世间的滋味？……当我走进刚足容身的牢里的时候，我曾酣畅地微笑着。呵！朋友，这自然会使你们怀疑，坐监牢还值得这样的夸耀？但是朋友！你如果相信我，我将坦白地告诉你说，世界最苦痛的事情，并不是身体的入牢狱，只是不能舒展的心狱。这话太微妙了；但是朋友！只要你肯稍微沉默地想一想，你当能相信我不是骗你呢。

这屋子虽然很小，但他不能拘虚我心，不想到天边，不想到海角，我依然是自由。朋友你明白吗？我的心非常轻松，没有什么铅般的压迫，有，只是那么沥尽的热血在蒸沸。

今天我伏在木板上，似忧似醉的当儿，我的确把世界的整个体验了一遍。哎！我真像是不流的死沟水，永远不动的，伏在那里，不但肮脏，而且是太有限了。我不由得自己倒抽了一口气，但是我感谢上帝，在我死的以前，已

Chapter 1
人生贵在行胸臆

经觉悟了。即使我的寿命极短促，然而不要紧，我用我纯挚的热血为利器，我要使我的死沟流，与荡荡的大海洋相通，那么我便可成为永久的，除非海枯石烂了，我永远是万顷中的一滴。朋友！牢狱并不很坏，它足以陶熔精金。

昨夜风和雨，不住地敲打这铁窗，也许有许多的罪囚，要更觉得环境的难堪；但我却只有感谢，在铁窗风雨下，我明白什么是生命的光荣。

按罪名我或不至于死，不过从进来时，审问过一次后，至今还没有消息。今早峰替我送来书和纸笔，真使我感激，我现在不恐惧，也不发愁。虽然想起兰为我担惊受怕，有点难过，但是再一想"英雄的忍情，便是多情"的一句话，我微笑了，从内心里微笑了。兰真算知道我，我对她只有膜拜，如同膜拜纯洁圣灵的女神一般。不过还请你好好地安慰她吧！倘然我真要到断头台的时候，只要她的眼泪滴在我的热血上，我便一切满足了。至于儿女情态，不是我辈分内事……我并不急于出狱，我虽然很愿意看见整个的天，而这小小的空隙已足我游仞了。

我四周围的犯人很多，每到夜静更深的时候，有低默的呜咽，有浩然的长叹，我相信在那些人里，总有多一半是不愿犯罪，而终于犯罪的。哎！自然啦，这种社会底下，谁是叛徒，谁是英雄，真有点难说吧！况且设就的天罗地网，怎怪得弱者的陷落。朋友！在这种情形之下，我们该做什么？让世界永远埋在阴惨的地狱里吗？让虎豹永远的猖獗吗？朋友呵！如果这种恐慌不去掉，我们情愿地球整个的毁灭，到那时候一切死寂了，便没有心焰的火灾，也没有凌迟的恐慌和苦痛。但是朋友要注意，我们是无权利存亡地球的，我们难道就甘心做刍狗吗？唉！我简直不知道要说什么哟。

我在这狭逼囚室里，几次让热血之海沉没了。朋友呵！我最后只有祷祝，只要恳求，青年的朋友们，认清生命的光荣……

为学与做人[1]

梁启超

诸君,我在南京讲学将近三个月了,这边苏州学界里头,有好几回写信邀我,可惜我在南京是天天有功课的,不能分身前来,今天到这里,能够和全城各校诸君聚在一堂,令我感激得很。但有一件,还要请诸君原谅,因为我一个月以来,都带着些病,勉强支持,今天不能作很长的讲演,恐怕有负诸君期望哩。

问诸君:"为甚么进学校?"我想人人都会众口一辞

---

[1] 本文系梁启超于1922年12月为苏州学生联合会公开讲演的演说词。

地答道："为的是求学问。"再问："你为什么要求学问？你想学些什么？"恐怕各人的答案就很不相同，或者竟自答不出来了。诸君啊！我请替你们总答一句罢："为的是学做人。"你在学校里头学的什么数学、几何、物理、化学、生理、心理、历史、地理、国文、英语，乃至什么哲学、文学、科学、政治、法律、经济、教育、农业、工业、商业等等，不过是做人所需要的一种手段，不能说专靠这些便达到做人的目的，任凭你把这些件件学得精通，你能够成个人不能成个人还是别问题。

人类心理有知、情、意三部分，这三部分圆满发达的状态，我们先哲名之为三达德——智、仁、勇。为什么叫做"达德"呢？因为这三件事是人类普通道德的标准，总要三件具备，才能成一个人。三件的完成状态怎么样呢？孔子说："知者不惑，仁者不忧，勇者不惧。"所以教育应分为知育、情育、意育三方面。现在讲的智育、德育、体育不对，德育范围太笼统，体育范围太狭隘。知育要教到人不惑，情育要教到人不忧，意育要教到人不惧。教育家教学生，应该以这三件为究竟；我们自动地自己教育自己，也应该以这三件为究竟。

怎么样才能不惑呢？最要紧是养成我们的判断力。想要养成判断力，第一步，最少须有相当的常识。进一步，

Chapter 1
人生贵在行胸臆

对于自己要做的事须有专门智识。再进一步，还要有遇事能断的智慧。假如一个人连常识都没有，听见打雷，说是雷公发威，看见月蚀，说是虾蟆贪嘴。那么，一定闹到什么事都没有主意，碰着一点疑难问题，就靠求神问卜、看相算命去解决，真所谓"大惑不解"，成了最可怜的人了。学校里小学、中学所教，就是要人有了许多基本的常识，免得凡事都暗中摸索。但仅仅有这点常识还不够。我们做人，总要各有一件专门职业。这门职业，也并不是我一人破天荒去做，从前已经许多人做过，他们积了无数经验，发见出好些原理、原则，这就是专门学识。我打算做这项职业，就应该有这项专门学识。例如我想做农吗，怎样地改良土壤，怎样地改良种子，怎样地防御水旱病虫，等等，都是前人经验有得成为学识的。我们有了这种学识，应用他来处置这些事，自然会不惑，反是则惑了。做工、做商，等等，都各各有他的专门学识，也是如此。我想做财政家吗，何种租税可以生出何样结果，何种公债可以生出何样结果，等等，都是前人经验有得成为学识的。我们有了这种学识，应用他来处置这些事，自然会不惑，反是则惑了。教育家、军事家，等等，都各各有他的专门学识，也是如此。我们在高等以上学校所求的智识，就是这一类，但专靠这种常识和学识就够吗？还不能。宇宙和人生是活的，不是呆的，我们每日所碰见的事理是复杂的、变化的，不是单纯的、印板的。倘若我们只是学过这一件才懂这一件，那么，碰着一件没有学过的事来到跟前，便手忙脚乱了。所以还要养成总体的智慧，才能得有根本的判断力。这种总体的智慧如何才能养成呢？第一件，要把我们向来粗浮的脑筋，着实磨练它，叫它变成细密而且踏实。那么，无论遇着如何繁难的事，我都可以彻头彻尾想清楚它的条理，自然不至于惑了。第二件，要把我们向来昏浊的脑筋，着实将养它，叫它变成清明。那么，一件事理到跟前，我才能很从容很莹澈地去判断它，自然不至于惑了。以上所说常识、学识和总体的智慧，都是智育的要件，目的是教人做到知者不惑。

怎么样才能不忧呢？为什么仁者便会不忧呢？想明白这个道理，先要知道中国先哲的人生观是怎么样。"仁"之一字，儒家人生观的全体大用都包在里头。"仁"到底是什么？很难用言语说明，勉强下个解释，可以说是"普遍人格之实现"。孔子说"仁者人也"，意思说是人格完成就叫做"仁"。但我们要知道，人格不是单独一个人可以表见的，要从人和人的关系上看出来，所以"仁"字从二人，郑康成解它做"相人偶"。总而言之，要彼我交感互发，成为一体，然后我的人格才能实现。所以我们若不讲人格主义，那便无话可说，讲到这个主义，当然归宿到普遍人格。换句话说，宇宙即是人生，人生即是宇宙，我的人格和宇宙无二无别。体验得这个道理，就叫做"仁者"。然则这种"仁者"为甚么就会不忧呢？大凡忧之所从来，不外两端：一曰忧成败，二曰忧得失。我们得着"仁"的人生观，就不会忧成败，为什么呢？因为我们知道宇宙和人生是永远不会圆满的，所以《易经》六十四卦，始"乾"，而终"未济"。正为在这永远不圆满的宇宙中，才永远容得我们创造进化，我们所做的事，不过在宇宙进化几万万里的长途中，往前挪一寸两寸，哪里配说成功呢？然则不做怎么样呢？不做便连这一寸两寸都不往前挪，那可真真失败了。"仁者"看透这种道理，信得过只有不做事才算失败，肯做事便不会失败，所以《易经》说："君子以自强不息。"换一方面来看，他们又信得过凡事不会成功的，几万万里路挪了一两寸，算成功吗？所以《论语》说："知其不可而为之。"你想，有这种人生观的人，还有什么成败可忧呢？再者，我们得着"仁"的人生观，便不会忧得失，为什么呢？因为认定这件东西是我的，才有得失之可言，连人格都不是单独存在，不能明确地画出这一部分是我的，那一部分是人家的，然则哪里有东西可以为我所得？既已没有东西为我所得，当然也没有东西为我所失，我只是为学问而学问，为劳动而劳动，并不是拿学问、劳动等等做手段来达某种目的——可以为我们"所得"的。所以老子说："生而不有，为而不恃"，"既以为人己愈有，既以与人己愈多"。你想，有这种人生观的人，还有什么得失可忧呢？总而言之，有了这种人生观，自然会觉得"天地与我并生，而万物与我为一"，自然会"无入而不自得"。他的生活，纯然是趣味化、艺术化。这是最高的情感教育，目的教人做到仁者不忧。

怎么样才能不惧呢？有了不惑、不忧工夫，惧当然会减少许多了，但这是属于意志方面的事。一个人若是意志力薄弱，便有很丰富的智识，临时也会用不着；便有很优美的情操，临时也会变了卦。然则意志怎么才会坚强呢？头一件须要心地光明。孟子说："浩然之气……至大至刚……行有不慊于心，则馁矣。"又说："自反而不缩，虽褐宽博，吾不惴焉；自反而缩，虽千万人吾往矣。"俗语说得好："生平不作亏心事，夜半敲门也不惊。"一个人要保持勇气，须要从一切行为可以公开做起，这是第一着。第二件要不为劣等欲望之所牵制。《论语》记："子曰：'吾未见刚者。'或对曰：'申枨。'子曰：'枨也欲，焉得刚？'"一被物质上无聊的嗜欲东拉西扯，那么，百炼钢也会变为绕指柔了。总之，一个人的意志由刚强变为薄弱极易，由薄弱返到刚强极难。一个人有了意志薄弱的毛病，这个人可就完了，自己作不起自己的主，还有什么事可做？受别人压制，做别人奴隶，自己只要肯奋斗，终须能恢复自由。自己的意志做了自己情欲的奴隶，那么，真是万劫沉沦，永无恢复自由的余地，终身畏首畏尾成了个可怜人了。孔子说："和而不流，强哉矫！中立而不倚，强哉矫！国有道，不变塞焉，强哉矫！国无道，至死不变，强哉矫！"我老实告诉诸君说罢，做人不做到如此，决不会成一个人，但做到如此，真是不容易，非时时刻刻做磨练意志的工夫不可。意志磨练得到家，自然是看着自己应做的事，一点不迟疑，扛起来便做，"虽千万人吾往矣"。这样才算顶天立地做一世人，绝不会有藏头躲尾，左支右绌的丑态。这便是意育的目的，要教人做到勇者不惧。

我们拿这三件事作做人的标准，请诸君想想，我自己现时做到哪一件——哪一件稍为有一点把握。倘若连一件都不能做到，连一点把握都没有，嗳哟！那可真危险了，你将来做人恐怕就做不成。讲到学校里的教育吗，第二层的情育、第三层的意育，可以说完全没有，剩下的只有第一层的知育。就算知育罢，又只有所谓常识和学识，至于我所讲的总体智慧，靠来养成根本判断力的，却是一点儿也没有。这种"贩卖智识杂货店"的教育，把它前途想下去，真令人不寒而栗。现在这种教育，一时又改革不来，我们可爱的青年，除了它更没有可以受教育的地方。诸君啊！你到底还要做人不要，你要知道危险呀！非你自己抖擞精神，想方法自救，没有人能救你呀！

诸君啊！你千万别要以为得些断片的智识，就算是有学问呀。我老实不客气告诉你罢，你如果做成一个人，智识自然是越多越好；你如果做不成一个人，智识却是越多越坏。你不信吗？试想想全国人所唾骂的卖国贼某人某人，是有智识的呀，还是没有智识的呢？试想想全国人所痛恨的官僚政客——专门助军阀作恶、鱼肉良民的人，是有智识的呀，还是没有智识的呢？诸君须知道啊！这些人当十几年前在学校的时代，意气横厉，天真烂漫，何尝不和诸君一样，为什么就会堕落到这样田地呀？屈原说的："何昔日之芳草兮，今直为此萧艾也。岂其有他故兮，莫好修之害也。"天下最伤心的事，莫过于看着一群好好的青年，一步一步地往坏路上走。诸君猛醒啊！现在你所厌所恨的人，就是你前车之鉴了。

诸君啊！你现在怀疑吗？沉闷吗？悲哀痛苦吗？觉得外边的压迫你不能抵抗吗？我告诉你，你怀疑和沉闷，便是你因不知才会惑；你悲哀痛苦，便是你因不仁才会忧；你觉得你不能抵抗外界的压迫，便是你因不勇才有惧。这都是你的知、情、意未经过修养磨练,所以还未成个人。我盼望你有痛切的自觉啊!有了自觉,自然会自动,那么,学校之外,当然有许多学问,读一卷经,翻一部史,到处都可以发现诸君的良师呀!

诸君啊!醒醒罢,养足你的根本智慧,体验出你的人格、人生观,保护好你的自由意志,你成人不成人,就看这几年哩!

Chapter 2

慢慢走，欣赏啊

情趣丰富的人，对于许多事物都觉得有趣味，
而且到处寻求享受这种趣味。

天真与经验

梁遇春

天真和经验好像是水火不相容的东西。我们常以为只有什么经验也没有的小孩子才会天真,他那位饱历沧桑的爸爸是得到经验,而失掉天真了。可是,天真和经验实在并没有这样子不共戴天,它们俩倒很常是聚首一堂。英国最伟大的神秘诗人勃来克著有两部诗集:《天真的歌》(*Songs of Innocence*)同《经验的歌》(*Songs of Experience*)。在天真的歌里,他无忧无虑地信口唱出晶莹甜蜜的诗句,他简直是天真的化身,好像不晓得世上是有龌龊的事情的。然而在经验的歌里,他把人情的深处用简单的辞句表现出来,真是找不出一个比他更有世故的人了,他将伦敦城里扫烟囱小孩子的穷苦,娼妓的厄运说得辛酸凄迷,可说是看尽人间世的烦恼。可是他始终仍然是那么天真,他还是常常亲眼看见天使;当他的工作没有做得满意时候,他就同他的妻子双双跪下,向上帝祈祷。他快死的前几天,那时他结婚已经有四十五年了,一天他看着他的妻子,忽然拿起铅笔叫道:"别动!在我眼里你一向是一个天使;我要把你画下,"他就立刻画出她的相貌。这是多么天真的举动。尖酸刻毒的斯惠夫特写信给他那两位知心的女人时候,的确是十足的孩子气,谁去念 The Journal to Stella 这部书信集,也不会想到写这信的人就是 Gulliver's Travels 的作者。斯蒂芬生在他的小品文集《贻青年少女》(Virginibus Puerisque)中,说了许多世故老人的话,尤其是对于婚姻,讲有好些叫年青的爱人们听着会灰心的冷话。但是他却没有失丢了他的童心,他能够用小孩子的心情去叙述海盗的故事,他又能借小孩子的口气,著出一部《小孩的诗园》(A Child's Garden of Verses),里面充满着天真的空气,是一本儿童文学的杰作。可见确然吃了知识的果,还是可以在乐园里逍遥到老。我们大家并不是个个人都像亚当先生那么不幸。

也许有人会说,这班诗人们的天真是装出来的,最少总有点做作的痕迹，不能像小孩子的天真那么浑脱自然，毫无机心。但是，我觉得小孩子的天真是靠不住的，好像个很脆的东西，经不起现实的接触。并且当他们才发现出人情的险诈同世路的崎岖时候，他们会非常震惊，因此神经过敏地以为世上除开计较得失利害外是没有别的东西的，柔嫩的心或者就这么麻木下去，变成个所谓值得父兄赞美的少年老成人了。他们从前的天真是出于无知，值不得什么赞美的，更值不得我们欣羡。桌子是个一无所知的东西，它既不晓得骗人，更不会去骗人，为什么我们不去颂扬桌子的天真呢？小孩子的天真跟桌子的天真并没有多大的分别。至于那班已坠世网的人们的天真就大不同了。他们阅历尽人世间的纷扰，经过了许多得失哀乐，因为看穿了鸡虫得失的无谓，又知道在太阳底下是难逢笑口的，所以肯将一切利害的观念丢开，来任口说去，任性做去，任情去欣赏自然界的快乐。他们以为这样子痛快地活着才是值得的。他们把机心看做是无谓的虚耗，自然而然会走到忘机的境界了。他们的天真可说是被经验锻炼过了，仿佛像在八卦炉里蹲过，做成了火眼金睛的孙悟空。人世的波涛再也不能将他们的天真卷去，他们真是"世路如今已惯，此心到处悠然"，这种悠然的心境既然成为习惯，习惯又成天然，所以他们的天真也是浑脱一气，没有刀笔的痕迹的。这个建在理智上面的天真绝非无知的天真所可比拟的，从无知的天真走到这个超然物外的天真，这就全靠着个人的生活艺术了。

忽然记起我自己去年的生活了，那时我同 G 常作长夜之谈。有一晚电灯灭后，蜡烛上时，我们搓着睡眼，重新燃起一斗烟来，就谈着年青人所最爱谈的题目——理想的女人。我们不约而同地说道最可爱的女子是像卖解，女优，歌女等这班风尘人物里面的痴心人。她们流落半生，看透了一切世态，学会了万般敷衍的办法，跟人们好似是绝不会有情的，可是若使她们真真爱上了一个情人，她们的爱情比一般的女子是强万万倍的。她们不像没有跟男子接触过的女子那样盲目，口是心非的甜言蜜语骗不了她们，暗地皱眉的热烈接吻瞒不过她们的慧眼，她们一定要得到了个一往情深的爱人，才肯来永不移情地心心相托。她们对于爱人所以会这么苛求，全因为她们自己是恳挚万分。至于那班没有经验的女子，她们常常只听到几句无聊的卿卿我我，就以为是了不得了，她们的爱情轻易地结下，将来也就轻易地勾销，这那里可以算做生生死死的深情。不出闺门的女子只有无知，很难有颠扑不破的天真，同由世故的熔炉里铸炼出来的热情。数十年来我们把女子关在深闺里，不给她们一个得到经验的机会，既然没有经验来锻炼，她们当然不容易有个强毅的性格，我们又来怪她们的杨花水性，说了许多混话，这真是太冤枉了。我们把无知误解做天真，不晓得从经验里突围而出的天真才是可贵的，因此上造了这九洲大错，这又要怪谁呢？

没有尝过穷苦的人们是不懂得安逸的好处的，没有感到人生的寂寞的人们是不能了解爱的价值的，同样地未曾有过经验的孺子是不知道天真之可贵的。小孩子一味天真，糊糊涂涂地过日，对于天真并未曾加以认识，所以不能做出天真的诗歌来，笨大的爸爸们尝遍了各种滋味，然后再洗涤俗虑，用锻炼过后的赤子之心来写诗歌，却做也最可喜的儿童文学，在这点上就可以看出人世的经验对于我们是最有益的东西了。老年人所以会和蔼可亲也是因为他们受过了经验的洗礼。必定要对于人世上万物万事全看淡了，然后对于一二件东西的留恋才会倍见真挚动人。宋诗里常有这种意境。欧阳永叔的"棋罢不知人换世，酒阑无奈客思家"同苏长公的"存亡惯见浑无泪，乡井难忘尚有心"全能够表现出这种依依的心情。虽然把人世存亡全置之度外，漠然不动于衷。但是对于客子的思家同自己的乡愁仍然是有些牵情。这种惆怅的情怀是多么清新可喜，我们读起来觉得比处处留情的才子们的滥情是高明得多，这全因为他们的情绪受过了一次蒸馏。从经验里出来的天真会那么带着诗情也是为着同样的缘故。

蔼里斯在他的杰作《性的心理的研究》第六卷里说道："就说我们承认看着裸体会激动了热情，这个激动还是好的，因为它引起我们的一种良好习惯，自制。为着恐怕有些东西对于我们会有引诱的能力，就赶紧跑到沙漠去住，这也可说是一种可怜的道德了。我们应当知道在文化当中故意去创造出一个沙漠来包围自己，这种举动是比别的要更坏得多了。我们无法去丢热情，即使我们有这个决心；何尔巴哈说得好，理智是教人这样拣择正当的热情，教育是教人们怎样把正当的热情种植培养在人心里面。观看裸体有一个精神上的价值，那可以教我们学会去欣赏我们没有占有着的东西，这个教训是一切良好的社会生活的重要预备训练：小孩子应当学到看见花，而不想去采它；男人应当学到看见着一个女人的美，而不想占有她。"我们所说的天真常是躲在沙漠里，远隔人世的引诱这类的天真。经验陶冶后的天真是见花不采，看到美丽的女人，不动枕席之念的天真。

人世是这么百怪千奇，人命是这样他生未卜，这个千载一时的看世界机会实在不容错过，绝不可误解了天真意味，把好好的人儿囚禁起来，使他草草地过了一生，并没有尝到做人的意味，而且也不懂得天真的真意了。这种活埋的办法绝非上帝造人的本意，上帝是总有一天会跟这班刽子手算账的。我们还是别当刽子手好罢，何苦手上染着女人小孩子的血呢！

慢慢走，欣赏啊
——人生的艺术化

朱光潜

一直到现在，我们都是讨论艺术的创造与欣赏。在收尾这一节中，我提议约略说明艺术和人生的关系。

我在开章明义时就着重美感态度和实用态度的分别，以及艺术和实际人生之间所应有的距离，如果话说到这里为止，你也许误解我把艺术和人生看成漠不相关的两件事。我的意思并不如此。

人生是多方面而却相互和谐的整体，把它分析开来看，我们说某部分是实用的活动，某部分是科学的活动，某部分是美感的活动，为正名析理起见，原应有此分别；但是我们不要忘记，完满的人生见于这三种活动的平均发展，它们虽是可分别的而却不是互相冲突的。"实际人生"比整个人生的意义较为窄狭。一般人的错误在把它们认为相等，以为艺术对于"实际人生"既是隔着一层，它在整个人生中也就没有什么价值。有些人为维护艺术的地位，又想把它硬纳到"实际人生"的小范围里去。这般人不但是误解艺术，而且也没有认识人生。我们把实际生活看作整个人生之中的一片段，所以在肯定艺术与实际人生的距离时，并非肯定艺术与整个人生的隔阂。严格地说，离开人生便无所谓艺术，因为艺术是情趣的表现，而情趣的根源就在人生；反之，离开艺术也便无所谓人生，因为凡是创造和欣赏都是艺术的活动，无创造、无欣赏的人生是一个自相矛盾的名词。

　　人生本来就是一种较广义的艺术。每个人的生命史就是他自己的作品。这种作品可以是艺术的，也可以不是艺术的，正犹如同是一种顽石，这个人能把它雕成一座伟大的雕像，而另一个人却不能使它"成器"，分别全在性分与修养。知道生活的人就是艺术家，他的生活就是艺术作品。

生活的本色 生命出

过一世生活好比做一篇文章。完美的生活都有上品文章所应有的美点。

第一,一篇好文章一定是一个完整的有机体,其中全体与部分都息息相关,不能稍有移动或增减。一字一句之中都可以见出全篇精神的贯注。比如陶渊明的《饮酒》诗本来是"采菊东篱下,悠然见南山",后人把"见"字误印为"望"字,原文的自然与物相遇相得的神情便完全丧失。这种艺术的完整性在生活中叫做"人格"。凡是完美的生活都是人格的表现。大而进退取与,小而声音笑貌,都没有一件和全人格相冲突。不肯为五斗米折腰向乡里小儿,是陶渊明的生命史中所应有的一段文章,如果他错过这一个小节,便失其为陶渊明。下狱不肯脱逃,临刑时还叮咛嘱咐还邻人一只鸡的债,是苏格拉底的生命史中所应有的一段文章,否则他便失其为苏格拉底。这种生命史才可以使人把它当作一幅图画去惊赞,它就是一种艺术的杰作。

其次,"修辞立其诚"是文章的要诀,一首诗或是一篇美文一定是至性深情的流露,存于中然后形于外,不容有丝毫假借。情趣本来是物我交感共鸣的结果。景物变动不居,情趣亦自生生不息。我有我的个性,物也有物的个性,这种个性又随时地变迁而生长发展。每人在某一时会所见到的景物，和每种景物在某一时会所引起的情趣，都有它的特殊性，断不容与另一人在另一时会所见到的景物，和另一景物在另一时会所引起的情趣完全相同。毫厘之差，微妙所在。在这种生生不息的情趣中我们可以见出生命的造化。把这种生命流露于语言文字，就是好文章；把它流露于言行风采，就是美满的生命史。

文章忌俗滥，生活也忌俗滥。俗滥就是自己没有本色而蹈袭别人的成规旧矩。西施患心病，常捧心颦眉，这是自然的流露，所以愈增其美。东施没有心病，强学捧心颦眉的姿态，只能引人嫌恶。在西施是创作，在东施便是滥调。滥调起于生命的干枯，也就是虚伪的表现。"虚伪的表现"就是"丑"，克罗齐已经说过。"风行水上，自然成纹"，文章的妙处如此，生活的妙处也是如此。在什么地位，是怎样的人，感到怎样的情趣，便现出怎样的言行风采，叫人一见就觉其谐和完整，这才是艺术的生活。

俗语说得好："唯大英雄能本色"，所谓艺术的生活就是本色的生活。世间有两种人的生活最不艺术，一种是俗人，一种是伪君子。"俗人"根本就缺乏本色，"伪君子"则竭力遮盖本色。朱晦庵有一首诗说："半亩方塘一鉴开，天光云影共徘徊。问渠那得清如许？为有源头活水来。"艺术的生活就是有"源头活水"的生活。俗人迷于名利，与世浮沉，心里没有"天光云影"，就因为没有源头活水。他们的大病是生命的干枯。"伪君子"则于这种"俗人"的资格之上，又加上"沐猴而冠"的伎俩。他们的特点不仅见于道德上的虚伪，一言一笑、一举一动，都叫人起不美之感。谁知道风流名士的架子之中掩藏了几多行尸走肉？无论是"俗人"或是"伪君子"，他们都是生活中的"苟且者"，都缺乏艺术家在创造时所应有的良心。像柏格森所说的，他们都是"生命的机械化"，只能作喜剧中的角色。生活落到喜剧里去的人大半都是不艺术的。

艺术的创造之中都必寓有欣赏，生活也是如此。一般人对于一种言行常欢喜说它"好看""不好看"，这已有几分是拿艺术欣赏的标准去估量它。但是一般人大半不能彻底，不能拿一言一笑、一举一动纳在全部生命史里去看，他们的"人格"观念太淡薄，所谓"好看""不好看"往往只是"敷衍面子"。善于生活者则彻底认真，不让一尘一芥妨碍整个生命的和谐。一般人常以为艺术家是一班最随便的人，其实在艺术范围之内，艺术家是最严肃不过的。在锻炼作品时常呕心呕肝，一笔一画也不肯苟且。王荆公作"春风又绿江南岸"一句诗时，原来"绿"字是"到"字，后来由"到"字改为"过"字，由"过"字改为"入"字，由"人"字改为"满"字，改了十几次之后才定为"绿"字。即此一端可以想见艺术家的严肃了。善于生活者对于生活也是这样认真。曾子临死时记得床上的席子是季路的，一定叫门人把它换过才瞑目。吴季札心里已经暗许赠剑给徐君，没有实行徐君就已死去，他很郑重地把剑挂在徐君墓旁树上，以见"中心契合死生不渝"的风义。像这一类的言行看来虽似小节，而善于生活者却不肯轻易放过，正犹如诗人不肯轻易放过一字一句一样。小节如此，大节更不消说。董狐宁愿断头不肯掩盖史实，夷齐饿死不愿降周，这种风度是道德的也是艺术的。我们主张人生的艺术化，就是主张对于人生的严肃主义。

艺术家估定事物的价值，全以它能否纳入和谐的整体为标准，往往出于一般人意料之外。他能看重一般人所看轻的，也能看轻一般人所看重的。在看重一件事物时，他知道执著；在看轻一件事物时，他也知道摆脱。艺术的能事不仅见于知所取，尤其见于知所舍。苏东坡论文，谓如水行山谷中，行于其所不得不行，止于其所不得不止。这就是取舍恰到好处，艺术化的人生也是如此。善于生活者对于世间一切，也拿艺术的口胃去评判它，合于艺术口胃者毫毛可以变成泰山，不合于艺术口胃者泰山也可以变成毫毛。他不但能认真，而且能摆脱。在认真时见出他的严肃，在摆脱时见出他的豁达。孟敏堕甑，不顾而去，郭林宗见到以为奇怪。他说："甑已碎，顾之何益？"哲学家斯宾诺莎宁愿靠磨镜过活，不愿当大学教授，怕妨碍他的自由。王徽之居山阴，有一天夜雪初霁，月色清朗，忽然想起他的朋友戴逵，便乘小舟到剡溪去访他，刚到门口便把船划回去。他说："乘兴而来，兴尽而返。"这几件事彼此相差很远，却都可以见出艺术家的豁达。伟大的人生和伟大的艺术都要同时并有严肃与豁达之胜。晋代清流大半只知道豁达而不知道严肃，宋朝理学又大半只知道严肃而不知道豁达。陶渊明和杜子美庶几算得恰到好处。

一篇生命史就是一种作品，从伦理的观点看，它有善恶的分别，从艺术的观点看，它有美丑的分别。善恶与美丑的关系究竟如何呢？

就狭义说，伦理的价值是实用的，美感的价值是超实用的；伦理的活动都是有所为而为，美感的活动则是无所为而为。比如仁义忠信等都是善，问它们何以为善，我们不能不着眼到人群的幸福。美之所以为美，则全在美的形象本身，不在它对于人群的效用（这并不是说它对于人群没有效用）。假如世界上只有一个人，他就不能有道德的活动，因为有父子才有慈孝可言，有朋友才有信义可言。

但是这个想象的孤零零的人还可以有艺术的活动,他还可以欣赏他所居的世界,他还可以创造作品。善有所赖而美无所赖,善的价值是"外在的",美的价值是"内在的"。

不过这种分别究竟是狭义的。就广义说,善就是一种美,恶就是一种丑。因为伦理的活动也可以引起美感上的欣赏与嫌恶。古希腊大哲学家柏拉图和亚里斯多德讨论伦理问题时都以为善有等级,一般的善虽只有外在的价值,而"至高的善"则有内在的价值。这所谓"至高的善"究竟是什么呢?柏拉图和亚里斯多德本来是一走理想主义的极端,一走经验主义的极端,但是对于这个问题,意见却一致。他们都以为"至高的善"在"无所为而为的玩索"(disinterested contemplation)。这种见解在西方哲学思潮上影响极大,斯宾诺莎、黑格尔、叔本华的学说都可以参证。从此可知西方哲人心目中的"至高的善"还是一种美,最高的伦理的活动还是一种艺术的活动了。

"无所为而为的玩索"何以看成"至高的善"呢?这个问题涉及西方哲人对于神的观念。从耶稣教盛行之后,神才是一个大慈大悲的道德家。在古希腊哲人以及近代莱布尼兹、尼采、叔本华诸人的心目中,神却是一个大艺术家,他创造这个宇宙出来,全是为着自己要创造,要欣赏。

其实这种见解也并不减低神的身份。耶稣教的神只是一班穷叫花子中的一个肯施舍的财主佬，而一般哲人心中的神，则是以宇宙为乐曲而要在这种乐曲之中见出和谐的音乐家。这两种观念究竟是哪一个伟大呢？在西方哲人想，神只是一片精灵，他的活动绝对自由而不受限制，至于人则为肉体的需要所限制而不能绝对自由。人愈能脱肉体需求的限制而作自由活动，则离神亦愈近。"无所为而为的玩索"是唯一的自由活动，所以成为最上的理想。

这番话似乎有些玄渺，在这里本来不应说及。不过无论你相信不相信，有许多思想却值得当作一个意象悬在心眼前来玩味玩味。我自己在闲暇时也欢喜看看哲学书籍。老实说，我对于许多哲学家的话都很怀疑，但是我觉得他们有趣。我以为穷到究竟，一切哲学系统也都只能当作艺术作品去看。哲学和科学穷到极境，都是要满足求知的欲望。每个哲学家和科学家对于他自己所见到的一点真理（无论它究竟是不是真理）都觉得有趣味，都用一股热忱去欣赏它。真理在离开实用而成为情趣中心时就已经是美感的对象了。"地球绕日运行"，"勾方加股方等于弦方"一类的科学事实，和《米洛斯爱神》或《第九交响曲》一样可以摄魂震魄。科学家去寻求这一类的事实，穷到究竟，也正因为它们可以摄魂震魄。所以科学的活动也还是一种艺术的活动，不但善与美是一体，真与美也并没有隔阂。

艺术是情趣的活动，艺术的生活也就是情趣丰富的生活。人可以分为两种，一种是情趣丰富的，对于许多事物都觉得有趣味，而且到处寻求享受这种趣味。一种是情趣干枯的，对于许多事物都觉得没有趣味，也不去寻求趣味，只终日拼命和蝇蛆在一块争温饱。后者是俗人，前者就是艺术家。情趣愈丰富，生活也愈美满，所谓人生的艺术化就是人生的情趣化。

"觉得有趣味"就是欣赏。你是否知道生活，就看你对于许多事物能否欣赏。欣赏也就是"无所为而为的玩索"。在欣赏时人和神仙一样自由，一样有福。

阿尔卑斯山谷中有一条大汽车路，两旁景物极美，路上插着一个标语牌劝告游人说："慢慢走，欣赏啊！"许多人在这车如流水马如龙的世界过活，恰如在阿尔卑斯山谷中乘汽车兜风，匆匆忙忙地急驰而过，无暇一回首流连风景，于是这丰富华丽的世界便成为一个了无生趣的囚牢。这是一件多么可惋惜的事啊！

朋友，在告别之前，我采用阿尔卑斯山路上的标语，在中国人告别习用语之下加上三个字奉赠：

"慢慢走,欣赏啊!"

光潜

一九三二年夏,莱茵河畔

丁 香 结

宗璞

今年的丁香花似乎开得格外茂盛,城里城外,都是一样。城里街旁,尘土纷嚣之间,忽然呈出两片雪白,顿使人眼前一亮,再仔细看,才知是两行丁香花。有的宅院里探出半树银装,星星般的小花缀满枝头,从墙上窥着行人,惹得人走过了,还要回头望。

城外校园里丁香更多。最好的是图书馆北面的丁香三角地,种有十数棵白丁香和紫丁香。月光下,白的潇洒,紫的朦胧,还有淡淡的幽雅的甜香,非桂非兰,在夜色中也能让人分辨出,这是丁香。

在我断续住了近三十年的斗室外,有三棵白丁香。每到春来,伏案时抬头便看见檐前积雪。雪色映进窗来,香气直透毫端。人也似乎轻灵得多,不那么混浊笨拙了。从外面回来时,最先映入眼帘的,也是那一片莹白,白下面透出参差的绿,然后才见那两扇红窗。我经历过的春光,几乎都是和这几树丁香联系在一起的。那十字小白花,那样小,却不显得单薄。许多小花形成一簇,许多簇花开满一树,遮掩着我的窗,照耀着我的文思和梦想。

古人诗云:"芭蕉不展丁香结","丁香空结雨中愁"。在细雨迷蒙中,着了水滴的丁香格外妩媚。花墙边两株紫色的,如同印象派的画,线条模糊了,直向窗前的莹白渗过来。让人觉得,丁香确实该和微雨连在一起。

只是赏过这么多年的丁香,却一直不解,何以古人发明了丁香结的说法。今年一次春雨,久立窗前,望着斜伸过来的丁香枝条上一柄花蕾。小小的花苞圆圆的,鼓鼓的,恰如衣襟上的盘花扣。我才恍然,果然是丁香结!

丁香结,这三个字给人许多想象。再联想到那些诗句,真觉得它们负担着解不开的愁怨了。每个人一辈子都有许多不顺心的事,一件完了一件又来。所以丁香结年年都有。结,是解不完的,人生中的问题也是解不完的,不然,岂不是太平淡无味了么?

小文成后一直搁置，转眼春光已逝。要看满城丁香，须待来年了。来年又有新的结待人去解——谁知道是否解得开呢？

一九八五年清明—冬至

"海阔天空"和"古今中外"

朱自清

有一天,我和一位新同事闲谈。我偶然问道:"你第一次上课,讲些什么?"他笑着答我,"我古今中外了一点钟!"他这样说明事实,且示谦逊之意。我从来不曾想到"古今中外"一个兼词可以作动词用,并且可以加上"了"字表时间的过去;骤然听了,很觉新鲜,正如吃刚上市的广东蚕豆。隔了几日,我用同样的问题问另一位新同事。他却说道:"海阔天空!海阔天空!"我原晓得"海阔凭鱼跃,天空任鸟飞"的联语,——是在一位同学家的厅堂里常常看见的——但这样的用法,却又是第一次听到!我真高兴，得着两个新鲜的意思，让我对于生活的方法，能触类旁通地思索一回。

黄远生在《东方杂志》上曾写过一篇《国民之公毒》，说中国人思想笼统的弊病。他举小说里的例，文的必是琴棋书画无所不晓，武的必是十八般武艺件件精通！我想，他若举《野叟曝言》里的文素臣，《九尾龟》里的章秋谷，当更适宜，因为这两个都是文武全才！好一个文武"全"才！这"全"字儿竟成了"国民之公毒"！我们自古就有那"博学无所成名"的"大成至圣先师"，又有"一物不知，儒者之耻"的传统的教训，还有那"谈天雕龙"的邹衍之流，所以流风余韵，扇播至今；大家变本加厉，以为凡是大好老必"上知天文，下识地理"，而"中学为体，西学为用"便是这大好老的另一面。"笼统"固然是"全"，"沟通""调和"也正是"全"呀！"全"来"全"去，"全"得乌烟瘴气，一塌糊涂！你瞧西洋人便聪明多了，他们悄悄地将"全知""全能"送给上帝，决不想自居"全"名；所以处处"算帐"，刀刀见血，一点儿不含糊！——他们不懂得那八面玲珑的劲儿！

但是王尔德也说过一句话，貌似我们的公毒而实非；他要"吃尽地球花园里的果子"！他要享乐，他要尽量地享乐！他什么都不管！可是他是"人"，不像文素臣、章秋谷辈是妖怪；他是呆子，不像沟通中西者流是滑头。总之，他是反传统的。他的话虽不免夸大，但不如中国传统思想之甚；因为只说地而不说天。况且他只是"要"而不是"能"，和文素臣辈又是有别；"要"在人情之中，"能"便出人情之外了！"全知"，"全能"，或者真只有上帝一个；但"全"的要求是谁都有权利的——有此要求，才成其为"人生"！——还有易卜生"全或无"的"全"，那却是一把锋利的钢刀；因为是另一方面的，不具论。

但王尔德的要求专属于感觉的世界，我总以为太单调了。人生如万花筒，因时地的殊异，变化不穷，我们要能多方面的了解，多方面的感受，多方面的参加，才有真趣可言；古人所谓"胸襟"，"襟怀"，"襟度"，略近乎此。但"多方面"只是概括的要求：究竟能有若干方面，却因人的才力而异——我们只希望多多益善而已！这与传统的"求全"不同，"便是暗中摸索，也可知道吧"。这种胸襟——用此二字所能有的最广义——若要具体地形容，我想最好不过是采用我那两位新同事所说的："海阔天空"与"古今中外"！我将这两个兼词用在积极的意义上，或者更对得起它们些。——"古今中外"原是骂人的话，初见于《新青年》上，是钱玄同（？）先生造作的。后来周作人先生有一篇杂感，却用它的积极的意义，大概是论知识上的宽容的；但这是两三年前的事了，我于那篇文的内容已模糊了。

法朗士在他的《灵魂之探险》里说：

> 人之永不能跳出己身以外，实一真理，而亦即吾人最大苦恼之一。苟能用一八方观察之苍蝇视线，观览宇宙，或能用一粗鲁而简单之猿猴的脑筋，领悟自然，虽仅一瞬，吾人何所惜而不为？乃于此而竟不能焉。……吾人被锢于一身之内，不啻被锢于永远监禁之中。（据杨袁昌英女士译文，见《太平洋》四卷四号。）

蔼理斯在他的《感想录》中《自己中心》一则里也说：

> 我们显然都从自己中心的观点去看宇宙，看重我们自己所演的脚色。（见《语丝》第十三期。）

这两种"说教"，我们可总称为"我执"——却与佛法里的"我执"不同。一个人有他的身心，与众人各异；而身心所从来，又有遗传，时代，周围，教育等等，尤其五花八门，千差万别。这些合而织成一个"我"，正如密密的魔术的网一样；虽是无形，而实在是清清楚楚，不易或竟不可逾越的界。于是好的劣的，乖的蠢的，村的俏的，长的短的，肥的瘦的，各有各的样儿，都来了，都来了。

"把戏人人会变,各有巧妙不同";正因各人变各人的把戏,才有了这大千世界呀。说到各人只会变自己的一套把戏,而且只自以为巧妙,自然有些:"可怜而可气";"谓天盖高","谓地盖厚",区区的"我",真是何等区区呢!但是——哎呀,且住!亏得尚有"巧妙不同"一句注脚,还可上下其手一番;这"不同"二字正是灵丹妙药,千万不可忽略过去!我们的"我执",是由命运所决定,其实无法挽回;只有一层,"我"决不是由一架机器铸出来的,决不是从一副印板刷下来的,这其间有种种的不同,上文已约略又约略地拈出了——现在再要拈出一种不同:"我"之广狭是悬殊的!"我执"谁也免不了,也无须免得了,但所执有大有小,有深有浅,这其间却大有文章;所谓上下其手,正指此一关而言。

你想"顶天立地"是一套把戏,是一个"我","局天蹐地",或说"局促如辕下驹",如井底蛙,如磨坊里的驴子,也是一套把戏,也是一个"我"!这两者之间,相差有多少远呢?说得简截些,一是天,一是地;说得噜苏些,一是九霄,一是九渊;说得新鲜些,一是太阳,一是地球!世界上有些人读破万卷书,有些人游遍万里地,乃至达尔文之创进化说,恩斯坦之创相对原理;但也有些人伏处穷山僻壤,一生只关在家里,亲族邻里之外,不曾见过人，自己方言之外，不曾听过话——天球，地球，固然与他们无干，英国，德国，皇帝，总统，金镑，银洋，也与他们丝毫无涉！他们之所以异于磨坊的驴子者，真是"几希"！也只是蒙着眼，整天儿在屋里绕弯儿，日行千里，足不出户而已。你可以说，这两种人也只是一样，横直跳不出如来佛——"自己！"——的掌心；他们都坐在"自己"的监里，盘算着"自己"的重要呢！是的，但你知道这两种人决不会一样！你我跳不出如来佛的掌心，孙悟空也跳不出他老人家的掌心；但你我能翻十万八千里的筋斗么？若说不能，这就不一样了！"不能"尽管"不能"，"不同"仍旧"不同"呀。你想天地是怎样怎样的广大，怎样怎样的悠久！若用数字计算起来，只怕你画一整天的圈儿，也未必能将数目里所有的圈儿都画完哩！在这样的天地的全局里，地球已若一微尘，人更数不上了，只好算微尘之微尘吧！人是这样小，无怪乎只能在"自己"里绕圈儿。但是能知道"自己"的小，便是大了；最要紧是在小中求大！长子里的矮子到了矮子中，便是长子了，这便是小中之大。我们要做矮子中的长子，我们要尽其所能地扩大我们自己！我们还是变自己的把戏，但不仅自以为巧妙，还须自以为"比别人"巧妙；我们不但可在内地开一班小杂货铺，我们要到上海去开先施公司！

　　"我"有两方面，深的和广的。"自己中心"可说是深的一面；哲学家说的"自知"（"Knowest thyself"），道德学家说的"自私"——"利己"，也都可算入这一面。如何使得我的身子好？如何使得我的脑子好？我懂得些什么？我喜爱些什么？我做出些什么？我要些什么？怎样得到我所要的？怎样使我成为他们之中一个最重要的脚色？这一大串儿的疑问号，总可将深的"我'的面貌的轮廓说给你了；你再"自个儿"去内省一番，就有八九分数了。但你马上也就会发见，这深深的"我"并非独自个儿待着，它还有个亲亲儿的，热热儿的伴儿哩。它俩你搂着我，我搂着你；不知谁给它们缚上了两只脚！就像三足竞走一样，它俩这样永远地难解难分！你若要开玩笑，就说它俩"狼狈为奸"，它俩亦无法自辩的。——可又来！究竟这伴儿是谁呢？这就是那广的"我"呀！我不是说过么？知道世界之大,才知道自己之小！所以"自知"必先要"知他"。兵法有云："知己知彼，百战百胜。"可以旁证此理。原来"我"即在世界中；世界是一张无大不大的大网，"我"只是一个极微极微的结子；一发尚且会牵动全身，全网难道倒不能牵动一个细小的结子么？实际上，"我"是"极天下之赜"的！"自知"而不先"知他"，只是聚在方隅，老死不相往来的办法；只是"不可以语冰"的"夏虫"，井底蛙，磨坊里的驴子之流而已。能够"知他"，才真有"自知之明"；正如铁扇公主的扇子一样，要能放才能收呀。所知愈多，所接愈广；将"自己"散在天下，渗入事事物物之中看它的大小方圆，看它的轻重疏密，这才可以剖析毫芒地渐渐渐渐地认出"自己"的真面目呀。俗语说："把你烧成了灰，我都认得你！"我们正要这样想：先将这个"我"一拳打碎了，碎得成了灰，然后随风飏举，或飘茵席之上，或堕溷厕之中，或落在老鹰的背上，或跳在珊瑚树的梢上，或藏在爱人的鬓边，或沾在关云长的胡子里，……然后再收灰入掌，抟灰成形，自然便须眉毕现，光彩照人，不似初时"混沌初开"的情景了！所以深的"我"即在广的"我"中，而无深的"我"，广的"我"亦无从立脚；这是不做矮子，也不吹牛的道地老实话，所谓有限的无穷也。

在有限中求无穷，便是我们所能有的自由。这或者是"野马以被骑乘的自由为更多"的自由，或者是"和猪有飞的自由一样"；但自由总和不自由不同，管他是白的，是黑的！说"猪有飞的自由"，在半世纪前，正和说"人有飞的自由"一样。但半世纪后的我们，已可见着自由飞着的人了，虽然还是要在飞机或飞艇里。你或者冷笑着说,有所待而然!有所待而然!至多仍旧是"被骑乘的自由"罢了!但这算什么呢?鸟也要靠翼翅的呀!况且还有将来呢,还有将来的将来呢!就如上文所引法朗士的话:"倘若我们能够一刹那间用了苍蝇的多面的眼睛去观察天地……"目下诚然是做不到的,但竟有人去企图了!我曾见过一册日本文的书,——记得是《童谣の缀方》,卷首有一幅彩图,下面题着《苍蝇眼中的世界》(大意)。图中所有,极其光怪陆离;虽明知苍蝇眼中未必即是如此,而颇信其如此——自己仿佛飘飘然也成了一匹小小的苍蝇,陶醉在那奇异的世界中了!这样前去,谁能说法朗士的"倘若"永不会变成"果然"呢!——"语丝"拉得太长了,总而言之,统而言之,我们只是要变比别人巧妙的把戏,只是要到上海去开先施公司;这便是我们所能有的自由。"秀才不出门,能知天下事。"这种或者稍嫌旧式的了;那么,来个新的,"看世界面上",我们来做个"世界民"吧——"世界民"(Cosmopolitan)者,据我的字典里说,是"无定居之人",又有"弥漫全世界","世界一家"等义;虽是极简单的解释,我想也就够用,恕不再翻那笨重的大字典了。

我"海阔天空"或"古今中外"了九张稿纸;尽绕着

圈儿，你或者有些"头痛"吧？"只听楼板响，不见人下来！"你将疑心开宗明义第一节所说的"生活的方法"，我竟不曾"思索"过，只冤着你，"青山隐隐水迢迢"地逗着你玩儿！不！别着急，这就来了也。既说"海阔天空"与"古今中外"，又要说什么"方法"，实在有些儿像左手望外推，右手又赶着望里拉，岂不可笑！但古语说得好，"大丈夫能屈能伸"我正可老着脸借此解嘲；况且一落言诠，总有边际，你又何苦斤斤较量呢？况且"方法"虽小，其中也未尝无大；这也是所谓"有限的无穷"也。说到"无穷"，真使我为难！方法也正是千头万绪，比"一部十七史"更难得多多；虽说"大处着眼，小处下手"，但究竟从何处下手，却着实费我踌躇！——有了！我且学着那李逵，从黑松林里跳了出来，挥动板斧，随手劈他一番便了！我就是这个主意！李逵决非吴用；当然不足语于<u>丝丝入扣</u>的谨严的论理的！但我所说的方法，原非斗胆为大家开方案，只是将我所喜欢用的东西，献给大家看看而已。这只是我的"到自由之路"，自然只是从我的趣味中寻出来的；而在大宇长宙之中，无量数的"我"之内，区区的我，真是何等区区呢？而且我"本人"既在企图自己的放大，则他日之趣味，是否即今日之趣味，也殊未可知。所以此文也只是我姑妄言之，你姑妄听之；但倘若看了之后，能自己去思索一番,想出真个巧妙的方法,去做个"海阔天空"与"古今中外"的人,那时我虽觉着自己更是狭窄,非另打主意不可,然而总很高兴了;我将仰天大笑到草帽从头上落下为止。

其实关于所谓"方法",我已露过些口风了:"我们要能多方面的了解,多方面的感受,多方面的参加,才有真趣可言。"

我现在做着教书匠。我做了五年教书匠了,真个腻得慌!黑板总是那样黑,粉笔总是那样白,我总是那样的我!成天儿浑淘淘的,有时对于自己的活着,也会惊诧。我想我们这条生命原像一湾流水,可以随意变成种种的花样;现在却筑起了堰,截断它的流,使它怎能不变成浑淘淘呢?所以一个人老做一种职业,老只觉着是"一种"职业,那真是一条死路!说来可笑,我是常常在想改业的;正如未来派剧本说的"换个丈夫吧",我也不时地提着自己,"换个行当吧!"我不想做官,但很想知道官是怎样做的。这不是一件容易事!《官场现形记》所形容的究竟太可笑了!况且现在又换了世界!《努力周刊》的记者在王内阁时代曾引汤尔和——当时的教育总长——的话:"你们所论的未尝无理;但我到政府里去看看,全不是那么一回事!"(大意)"全不是那么一回事!"可见不入虎穴,焉得虎子！我于是想做个秘书，去看看官到底是怎样做的？因秘书而想到文书科科员：我想一个人赚了大钱，成了资本家，不知究竟是怎样活着的？最要紧，他是怎样想的？我们只晓得他有汽车，有高大的洋房，有姨太太，那是不够的。——由资本家而至于小伙计，他们又怎样度他们的岁月？银行的行员尽爱买马票，当铺的朝奉尽爱在夏天打赤膊——其余的，其余的我便有些茫茫了！我们初到上海，总要到大世界去一回。但上海有个五光十色的商世界，我们怎可不去逛逛呢？我于是想做个什么公司里的文书科科员，尝些商味儿。上海不但有个商世界，还有个新闻世界。我又想做个新闻记者，可以多看些稀奇古怪的人，稀奇古怪的事。此外我想做的事还多！戴着龌龊的便帽，穿着蓝布衫裤的工人，拖着黄泥腿，衔着旱烟管的农人，扛着枪的军人，我都想做做他们的生活看。可是谈何容易；我不是上帝，究竟是没有把握的！这些都是非分的妄想，岂不和癞蛤蟆想吃天鹅肉一样！——话虽如此；"不问收获，只问耕耘"，也未尝不是一种解嘲的办法。况且退一万步讲，能够这样想想，也未尝没有淡淡的味儿，和"加力克"香烟一样的味儿。况且我们的上帝万一真个吝惜他的机会，我也想过了：我从今日今时起，努力要在"黑白生涯"中找寻些味儿，不像往日随随便便地上课下课，想来也是可以的！意大利 Amicis 的《爱的教育》里说有一位先生，在一个小学校里做了六十年的先生；年老退职之后，还时时追忆从前的事情：一闭了眼，就像有许多的孩子，许多的班级在眼前；偶然听到小孩的书声，便悲伤起来，说："我已没有学校没有孩子了！"可见天下无难事，只怕有心人！但我一面羡慕这位可爱的先生，一面总还打不断那些妄想；我的心不是一条清静的荫道，而是十字街头呀！

　　我的妄想还可以减价；自己从不能做"诸色人等"，却可以结交"诸色人等"的朋友。从他们的生活里，我也可以分甘共苦，多领略些人味儿；虽然到底不如亲自出马的好。《爱的教育》里说："只在一阶级中交际的人，恰和只读一册书籍的学生一样。"真是"有理呀有理"！现在的青年，都喜欢结识几个女朋友；一面固由于性的吸引，一面也正是要润泽这干枯而单调的生活。我的一位先生曾经和我们说：他有一位朋友，新从外国回到北京；待了一个多月，总觉有一件事使他心里不舒畅，却又说不出是什么事。后来有一天，不知怎样，竟被他发见了：原来北京的街上太缺乏女人！他觉得这样的生活，实在干燥无味！但单是女朋友我觉得还是不够；我又常想结识些小孩子，做我的小朋友。有人说和孩子们作伴，和孩子们共同生活，会使自己也变成一个孩子,一个大孩子;所以小学教师是不容易老的。这话颇有趣,使我相信。我去年上半年和一位有着童心的朋友,曾约了附近一所小学校的学生,开过几回同乐会;大家说笑话,讲故事,拍七,吃糖果,看画片,都很高兴的。后来暑假期到了,他们还抄了我们的地址,说要和我们通信呢。不但学龄儿童可以做我的朋友,便是幼稚园里的也可以的,而且更加有趣哩。且请看这一段:

> 终于,母亲逃出了庭间了。小孩们追到栏栅旁,脸挡住了栅缝,把小手伸出,纷纷地递出面包呀,苹果片呀,牛油块等东西来。一齐叫说:
> "再会,再会!明天再来,再请过来!"(见《爱的教育》译本第七卷内《幼儿院》中。)

倘若我有这样的小朋友,我情愿天天去呀!此外,农人,工人,也要相与些才好。我现在住在乡下,常和邻近的农人谈天,又曾和他们喝过酒,觉得另有些趣味。我又晓得在北京,上海的我的朋友的朋友,每天总找几个工人去谈天;我且不管他们谈的什么,只觉每天换几个人谈谈,是很使人新鲜的。若再能交结几个外国朋友,那是更别致了。从前上海中华世界语学会教人学世界语,说可以和各国人通信；后来有人非议他们，说世界语的价值岂就是如此的！非议诚然不错。但与各国人通信，到底是一件有趣的事呀！——还有一件，自己的妻和子女，若在别一方面作为朋友看时，也可得着新的启示的。不信么？试试看！

若你以为阶级的障壁不容易打破，人心的隔膜不容易揭开；你于是皱着眉，咂着嘴，说："要这样地交朋友，真是千难万难！"是的；但是——你太小看自己了，那里就这样地不济事！也罢，我还有一套便宜些的变给你瞧瞧；这就叫做"知人"呀。交不着朋友是没法的，但晓得些别人的"闲事"，总可以的；只须不尽着去自扫门前雪，而能多管些一般人所谓"闲事"，就行了。我所谓"多管闲事"，其实只是"参加"的别名。譬如前次上海日本纱厂工人大罢工，我以为是要去参加的；或者帮助他们，或者只看看那激昂的实况，都无不可。总之，多少知道了他们，使自己与他们间多少有了关系，这就得了。又如我的学生和报馆打官司，我便要到法庭里去听审；这样就可知道法官和被告是怎样的人了。又如吴稚晖先生，我本不认识的；但听过他的讲演，读过他的书，我便能约略晓得他了。——读书真是巧算盘！不但可以知今人，且可以知古人；不但可以知中国人，且可以知洋人。同样的巧算盘便是看报！看报可以遇着许多新鲜的问题，引起新鲜的思索。譬如共产党加入国民党，究竟是利用呢，还是联合作战呢？孙中山先生若死在"段执政"自己夸诩的"革命"之前，曹锟当国的时候，一班大人，老爷，绅士乃至平民，会不会（姑不说"敢不敢"）这样"热诚地"追悼呢？黄色的班禅在京在沪，为什么也会受着那样"热诚的"欢迎呢？英国退还庚子赔款，始而说"用于教育的目的"，继而说"用于相互有益之目的"，——于是有该国的各工业联合会建议，痛斥中国教育之无效，主张用此款筑路——继而又说用于中等教育；真令人目迷五色，到底他们什么葫芦里卖什么药呢？德国新总统为什么会举出兴登堡将军，后事又如何呢？还有，"一夫多妻的新护符"和"新性道德"究竟是一是二呢？欧阳予倩的《回家以后》，到底是不是提倡东方道德呢？——这一大篇帐都是从报上"过"过来的，毫不稀奇；但可以证明，看报的确是最便宜的办法，可以知道许多许多的把戏。

　　旅行也是刷新自己的一帖清凉剂。我曾做过一个设计：四川有三峡的幽峭，有栈道的蜿蜒，有峨嵋的雄伟，我是最向慕的！广东我也想去得长久了。乘了香港的上山电车，可以"上天"；而广州的市政，长堤，珠江的繁华，

生活的出色本命

也使我心痒痒的！由此而北，蒙古的风沙，的牛羊，的天幕，又在招邀着我！至于红墙黄土的北平，六朝烟水气的南京，先施公司的上海，我总算领略过了。这样游了中国以后，便跨出国门：到日本看她的樱花，看她的富士；到俄国看列宁的墓，看第三国际的开会；到德国访康德的故居，听《月光曲》的演奏；到美国瞻仰巍巍的自由神和世界第一的大望远镜。再到南美洲去看看那莽莽的大平原，到南非洲去看看那茫茫的大沙漠，到南洋群岛去看看那郁郁的大森林——于是浩然归国；若有机缘，再到北极去探一回险，看看冰天雪海，到底如何，那更妙了！梁绍文说得有理：

> 我们不赞成别人整世的关在一个地方而不出来和世界别一部分相接触，倘若如此，简直将数万里的地球缩小到数英里，关在那数英里的圈子内就算过了一生，这未免太不值得！所以我们主张：能够遍游全世界，将世界上的事事物物都放在脑筋里的炽炉中锻炼一过，然后才能成为一种正确的经验，才算有世界的眼光。（《南洋旅行漫记》上册二五三页。）

但在一钱不名的穷措大如我辈者，这种设计恐终于只是"过屠门而大嚼"而已；又怎样办呢？我说正可学胡，梁二先生开国学书目的办法，不妨随时酌量核减；只看能力如何。便是真个不名一钱，也非全无法想。听说日本的谁，因无钱旅行，便在室中绕着圈儿，口里只是叫着，某站到啦，某埠到啦；这样也便过了瘾。这正和孩子们挽瞎子一样：一个蒙了眼做瞎子，一个在前面用竹棒引着他，在室中绕行；这引路的尽喊着到某处啦，到某处啦的口号，彼此便都满足。正是，精神一到，何事不成！这种人却决非磨坊里的驴子；他们的足虽不出户，他们的心尽会日行千里的！

说到心的旅行，我想到《文心雕龙·神思篇》说的：

> 古人云："形在江海之上，心存魏阙之下。"神思之谓也。……故寂然凝虑，思接千载；悄焉动容，视通万里……

罗素论"哲学的价值"，也说：

> 保存宇宙内的思辨（玄想）之兴趣，……总是哲学事业的一部。
>
> 或者它的最要之价值，就是它所潜思的对象之伟大，结果，便解脱了褊狭的和个人的目的。
>
> 哲学的生活是幽静的，自由的。
>
> 本能利益的私世界是一个小的世界，搁在一个大而有

力的世界中间,迟早必把我们私的世界,磨成粉碎。

我们若不扩大自己的利益,汇涵那外面的整个世界,就好像一个兵卒困在炮台里边,知道敌人不准逃跑,投降是不可避免的一样。

哲学的潜思就是逃脱的一种法门。(摘抄黄凌霜译《哲学问题》第十五章)

所谓神思,所谓玄想之兴味,所谓潜思,我以为只是三位一体,只是大规模的心的旅行。心的旅行决不以现有的地球为限!到火星去的不是很多么?到太阳去的不也有么?到太阳系外,和我们隔着三十万光年的星上去的不也有么?这三十万光年,是美国南加州威尔逊山绝顶上,口径百吋之最大反射望远镜所能观测的世界之最远距离。"换言之,现在吾人一目之下所望见之世界,不仅现在之世界而已,三十余万年之大过去以来,所有年代均同时见之。历史家尝谓吾人由书籍而知过去,直忘却吾人能直接而见过去耳。"吾人固然能直接而见过去,由书籍而见过去,还能由岩石地层等而见过去,由骨殖化石等而见过去。目下我们所能见的过去,真是悠久,真是伟大!将现在和它相比,真是大海里一根针而已!姑举一例:德国的谁假定地球的历史为二十四点钟,而人类有历史的时期仅为十分钟；人类有历史已五千年了，一千年只等于二分钟而已！一百年只等于十二秒钟而已！十年只等于一又十分之二秒而已！这还是就区区的地球而论呢。若和全宇宙的历史（人能知道么？）相较量，那简直是不配！又怎样办呢？但毫不要紧！心尽可以旅行到未曾凝结的星云里，到大爬虫的中生代，到类人猿的脑筋里；心究竟是有些儿自由的。不过旅行要有向导；我觉《最近物理学概观》《科学大纲》《古生物学》《人的研究》等书都很能胜任的。

心的旅行又不以表面的物质世界为限！它用实实在在的一支钢笔，在实实在在的白瑞典纸簿上一张张写着日记；它马上就能看出钢笔与白纸只是若干若干的微点，叫做电子的——各电子间有许多的空隙，比各电子的总积还大。这正像一张"有结而无线的网"，只是这么空空的；其实说不上什么"一支"与"一张张"的！这么看时，心便旅行到物质的内院，电子的世界了。而老的物质世界只有三根台柱子（三次元），现在新的却添上了一根（四次元）；心也要去逛逛的。心的旅行并且不以物质世界为限！精神世界是它的老家，不用说是常常光顾的。意识的河流里，它是常常驶着一只小船的。但这个年头儿，世界是越过越多了。用了坐标轴作地基，竖起方程式的柱子，架上方程式的梁，盖上几何形体的瓦，围上几何形体的墙，这是数学的世界。将各种"性质的共相"（如"白""头"等概念）分门别类地陈列在一个极大的弯弯曲曲，层层叠叠的场上；在它们之间，再点缀着各种"关系的共相"（如"大""类似""等于"等概念）。这是论理的世界。将善人善事的模型和恶人恶事的分门别类陈列着的，是道德的世界。但所谓"模型"，却和城隍庙所塑"二十四孝"的像与十王殿的像绝不相同。模型又称规范，如"正义"，"仁爱"，"奸邪"等是——只是善恶的度量衡也；道德世界里，全摆着大大小小的这种度量衡。还是艺术的世界，东边是音乐的旋律，西边是跳舞的曲线，南边是绘画的形色，北边是诗歌的情韵。——心若是好奇的，它必像唐三藏经过三十六国一样，一一经过这些国土的。

更进一步说，心的旅行也不以存在的世界为限！上帝的乐园，它是要去的；阎罗的十殿，它也是要去的。爱神的弓箭，它是要看看的；孙行者的金箍棒，它也要看看的。总之，神话的世界，它要穿上梦的鞋去走一趟。它从神话的世界回来时，便道又可游玩童话的世界。在那里有苍蝇目中的天地，有永远不去的春天；在那里鸟能唱歌，水也能唱歌，风也能唱歌；在那里有着靴的猫，有在背心里掏出表来的兔子；在那里有水晶的宫殿，带着小白翼子的天使。童话的世界的那边，还有许多邻国，叫做乌托邦，它也可迂道一往观的。姑举一二给你看看。你知道吴稚晖先生是崇拜物质文明的，他的乌托邦自然也是物质文明的。他说，将来大同世界实现时，街上都该铺大红缎子。他在春晖中学校讲演时，曾指着"电灯开关"说：

> 科学发达了，我们讲完的时候，啤啼叭哒几声，要到房里去的就到了房里，要到宁波的就到了宁波，要到杭州的就到了杭州；这也算不来什么奇事。（见《春晖》二十九期。）

呀！啤啼叭哒几声，心已到了铺着大红缎子的街上了！——若容我借了法朗士的话来说，这些正是"灵魂的冒险"呀。

上面说的都是"大头天话"，现在要说些小玩意儿，新新耳目，所谓能放能收也。我曾说书籍可作心的旅行的向导，现在就谈读书吧。周作人先生说他目下只想无事时喝点茶，读点新书。喝茶我是无可无不可，读新书却很高兴！读新书有如幼时看西洋景，一页一页都有活鲜鲜的意思；又如到一个新地方，见一个新朋友。读新出版的杂志，也正是如此，或者更闹热些。读新书如吃时鲜鲫鱼，读新杂志如到惠罗公司去看新到的货色。我还喜欢读冷僻

生活出的命本色

的书。冷僻的书因为冷僻的缘故,在我觉着和新书一样;仿佛旁人都不熟悉,只我有此眼福,便高兴了。我之所以喜欢搜阅各种笔记,就是这个缘故。尺牍,日记等,也是我所爱读的;因为原是随随便便,老老实实地写来,不露咬牙切齿的样子,便更加亲切,不知不觉将人招了入内。同样的理由,我爱读野史和逸事;在它们里,我见着活泼泼的真实的人。——它们所记,虽只一言一动之微,却包蕴着全个的性格;最要紧的,包蕴着与众不同的趣味。旧有的《世说新语》,新出的《欧美逸话》,都曾给我满足。我又爱读游记;这也是穷措大替代旅行之一法,从前的雅人叫做"卧游"的便是。从游记里,至少可以"知道"些异域的风土人情;好一些,还可以培养些异域的情调。前年在温州师范学校图书馆中,翻看《小方壶斋舆地丛钞》的目录,里面全(?)是游记,虽然已是过时货,却颇引起我的向往之诚。"这许多好东西哟!"尽这般地想着;但终于没有勇气去借来细看,真是很可恨的!后来,《徐霞客游记》石印出版,我的朋友买了一部,我又欲读不能!近顷《南洋旅行漫记》和《山野掇拾》出来了,我便赶紧买得,复仇似的读完,这才舒服了。我因为好奇,看报看杂志,也有特别的脾气。看报我总是先看封面广告的。一面是要找些新书,一面是要找些新闻;广告里的新闻,虽然是不正式的，或者算不得新闻，也未可知，但都是第一身第二身的，有时比第三身的正文还值得注意呢。譬如那回中华制糖公司董事的互讦，我看得真是热闹煞了！又如"印送安士全书"的广告，"读报至此，请念三声阿弥陀佛"的广告，真是"好聪明的糊涂法子"！看杂志我是先查补白，好寻着些轻松而隽永的东西：或名人的趣语，或当世的珍闻，零金碎玉，更见异彩！——请看"二千年前玉门关外一封情书"，"时新旦角戏"等标题便知分晓。

我不是曾恭维看报么？假如要参加种种趣味的聚会，那也非看报不可。譬如前一两星期，报上登着世界短跑家要在上海试跑；我若在上海，一定要去看看跑是如何短法？又如本月十六日上海北四川路有洋狗展览会，说有四百头之多；想到那高低不齐的个儿，松密互映，纯驳争辉的毛片，或嘤嘤或呜呜或汪汪的吠声，我也极愿意去的。又我记得在《上海七日刊》（？）上见过一幅法国儿童同乐会的摄影。摄影中济济一堂的满是儿童——这其间自然还有些抱着的母亲，领着的父亲，但不过二三人，容我用了四舍五入法，将他们略去吧。那前面的几个，丰腴圆润的宠儿，覆额的短发，精赤的小腿，我现在还记着呢。最可笑的，高高的房子，塞满了这些儿童，还空着大半截，大半截；若塞满了我们，空气一定是没有那么舒服的，便宜了空气了！这种聚会不用说是极使我高兴的！只是我便在上海，也未必能去；说来可恨恨！这里却要引起我别的感慨，我不说了。此外如音乐会，绘画展览会，我都乐于赴会的。四年前秋天的一个晚上，我曾到上海市政厅去听"中西音乐大会"；那几支广东小调唱得真入神，靡靡是靡靡到了极点，令人欢喜赞叹！而歌者隐身幕内，不露一丝色相，尤动人无穷之思！绘画展览会，我在北京，上海也曾看过几回。但都像走马看花似的，不能自知冷暖——我真是太外行了，只好慢慢来吧。我却最爱看跳舞。五六年前的正月初三的夜里，我看了一个意大利女子的跳舞：黄昏的电灯光映着她裸露的微红的两臂，和游泳衣似的粉红的舞装；那腰真软得可怜，和麦粉搓成的一般。她两手擎着小小的钹，钹孔里拖着深红布的提头；她舞时两臂不住地向各方扇动，两足不住地来往跳跃，钹声便不住地清脆地响着——她舞得如飞一样，全身的曲线真是瞬息万变，转转不穷，如闪电吐舌，如星星眨眼；使人目眩心摇，不能自主。我看过了，恍然若失！从此我便喜欢跳舞。前年暑假时，我到上海，刚碰着卡尔登影戏院开演跳舞片的末一晚，我没有能去一看。次日写信去"特烦"，却如泥牛入海；至今引为憾事！我在北京读书时，又颇爱听旧戏；

因为究竟是"外江"人，更爱听旦角戏，尤爱听尚小云的戏，——但你别疑猜，我却不曾用这支笔去捧过谁。我并不懂戏词，甚至连情节也不甚仔细，只爱那宛转凄凉的音调和楚楚可怜的情韵。我在理论上也左袒新戏，但那时的北京实在没有可称为新戏的新戏给我看；我的心也就渐渐冷了。南归以后，新戏固然和北京是"一丘之貉"，旧戏也就每况愈下，毫无足观。我也看过一回机关戏，但只足以广见闻，无深长的趣味可言。直到去年，上海戏剧协社演《少奶奶的扇子》，朋友们都说颇有些意思——在所曾寓目的新戏中，这是得未曾有的。又实验剧社演《葡萄仙子》，也极负时誉；黎明晖女士所唱"可怜的秋香"一句，真是脍炙人口——便是不曾看过这戏的我，听人说了此句，也会有"一种薄醉似的感觉，超乎平常所谓舒适以上"。——《少奶奶的扇子》，我也还无一面之缘——真非到上海去开先施公司不可！上海的朋友们又常向我称述影戏；但我之于影戏，还是"猪八戒吃人参果"呢！也只好慢慢来吧。说起先施公司，我总想起惠罗公司。我常在报纸的后幅看见他家的广告，满幅画着新货色的图样，真是日本书店里所谓"诱惑状"了。我想若常去看看新货色，也是一乐。最好能让我自由地鉴赏地看一回；心爱的也不一定买来，只须多多地，重重地看上几眼，便可权当占有了——朋友有新东西的时候，我常常把玩不肯释手，便是这个主意。

若目下不能到上海去开先施公司，或到上海而无本钱去开先施公司，则还有个经济的办法，我现在正用着呢。不过这种办法，便是开先施公司，也可同时采用的；因为我们原希望"多多益善"呀。现在我所在的地方，是没有绘画展览会；但我和人家借了左一册右一册的摄影集，画片集，也可使我的眼睛饱餐一顿。我看见"群羊"，在那淡远的旷原中，披着乳一样白，丝一样软的羽衣的小东西，真和浮在浅浅的梦里的仙女一般。我看见"夕云"，地上是疏疏的树木，偃蹇欹侧作势，仿佛和天上的乱云负固似的；那云是层层叠叠的，错错落落的，斑斑驳驳的，使我觉得天是这样厚，这样厚的！我看见"五月雨"，是那般蒙蒙密密的一片，三个模糊的日本女子，正各张着有一道白圈儿的纸伞，在台阶上走着，走上一个什么坛去呢；那边还有两个人，却只剩了影儿！我看见"现在与未来"；这是一个人坐着，左手托着一个骷髅，两眼凝视着，右手正支颐默想着。这还是摄影呢，画片更是美不胜收了！弥爱的《晚祷》是世界的名作，不用说了。意大利 Gino 的名画《跳舞》，满是跃着的腿儿，牵着的臂儿，并着的脸儿;红的,黄的,白的,蓝的,黑的,一片片地飞舞着——那边还攒动着无数的头呢。是夜的繁华哟!是肉的熏蒸哟!还有日本中泽弘光的《夕潮》:红红的落照轻轻地涂在玲珑的水阁上;阁之前浅蓝的潮里,伫立着白衣编发的少女,伴着两只夭矫的白鹤;她们因水光的映射,这时都微微地蓝了;她只扭转头凝视那斜阳的颜色。又椎冢猪知雄的《花》,三个样式不同,花色互异的精巧的瓶子,分插着红白各色的,大的小的鲜花,都丰丰满满的。另有一个细长的和一个荸荠样的瓶子,放在三个大瓶之前和之间;一高一矮,甚是别致,也都插着鲜花,只一瓶是小朵的,一瓶是大朵的。我说的已多了——还有图案画,有时带着野蛮人和儿童的风味,也是我所爱的。书籍中的插画,偶然也有很好的;如什么书里有一幅画,显示惠士敏斯特大寺的里面,那是很伟大的——正如我在灵隐寺的高深的大殿里一般。而房龙《人类的故事》中的插画,尤其别有心思,马上可以引人到他所画的天地中去。

　　我所在的地方,也没有音乐会。幸而有留声机,机片里中外歌曲乃至国语唱歌都有;我的双耳尚不至大寂寞的。我或向人借来自开自听,或到别人寓处去听,这也是"揩油"之一道了。大约借留声机,借画片,借书,总还算是雅事，不致像借钱一样，要看人家脸孔的（虽然也不免有例外）；所以有时竟可大大方方地揩油。自然，自己的油有时也当大大方方地被别人揩的。关于留声机，北平有零卖一法。一个人背了话匣子（即留声机）和唱片，沿街叫卖；若要买的，就喊他进屋里，让他开唱几片，照定价给他铜子——唱完了，他仍旧将那话匣子等用蓝布包起，背了出门去。我们做学生时，每当冬夜无聊，常常破费几个铜子，买他几曲听听：虽然没有佳片，却也算消寒之一法。听说南方也有做这项生意的人。——我所在的地方，宁波是其一。宁波S中学现有无线电话收音机，我很想去听听大陆报馆的音乐。这比留声机又好了！不但声音更是亲切，且花样日日翻新；二者相差，何可以道里计呢！除此以外，朋友们的箫声与笛韵，也是很可过瘾的；但这看似易得而实难，因为好手甚少。我从前有一位朋友，吹箫极悲酸幽抑之致，我最不能忘怀！现在他从外国回来，我们久不见面，也未写信，不知他还能来一点儿否？

内地虽没有惠罗公司，却总有古董店，尽可以对付一气。我们看看古瓷的细润秀美，古泉币的陆离斑驳，古玉的丰腴有泽，古印的肃肃有仪，胸襟也可豁然开朗。况内地更有好处，为五方杂处，众目具瞻的上海等处所不及的；

Chapter 2
慢慢走，欣赏啊

如花木的趣味，盆栽的趣味便是。上海的匆忙使一般人想不到白鸽笼外还有天地；花是怎样美丽，树是怎样青青，他们似乎早已忘怀了！这是我的朋友郢君所常常不平的。"暮春三月，江南草长，杂花生树，群莺乱飞。"——这在上海人怕只是一场春梦吧！像我所在的乡间：芊芊的碧草踏在脚上软软的，正像吃樱花糖；花是只管开着，来了又去，来了又去——杨贵妃一般的木笔，红着脸的桃花，白着脸的绣球……好一个"香遍满，色遍满的花儿的都"呀！上海是不容易有的！我所以虽向慕上海式的繁华，但也不舍我所在的白马湖的幽静。我爱白马湖的花木，我爱 S 家的盆栽——这其间有诗有画，我且说给你。一盆是小小的竹子，栽在方的小白石盆里；细细的干子疏疏地隔着，疏疏的叶子淡淡地撇着，更点缀上两三块小石头；颇有静远之意。上灯时，影子写在壁上，尤其清隽可亲。另一盆是棕竹，瘦削的干子亭亭地立着；下部是绿绿的，上部颇劲健地坼着几片长长的叶子，叶根有细极细极的棕丝网着。这像一个丰神俊朗而蓄着微须的少年。这种淡白的趣味，也自是天地间不可少的。

天地间还有一种不可少的趣味，也是简便易得到的，这是"谈天"。——普通话叫做"闲谈"；但我以"谈天"

二字，更能说出那"闲旷"的味儿！傅孟真先生在《心气薄弱之中国人》一评里，引顾宁人的话，说南方之学者，"群居终日，言不及义"；北方之学者，"饱食终日，无所用心"。他说"到了现在已经二百多年了，这评语仍然是活泼泼的"，"谈天"大概也只能算"不及义"的言；纵有"及义"的时候，也只是偶然碰到，并非立意如此。若立意要"及义"，那便不是"谈天"而是"讲荟"了。"讲荟"也有"讲荟"的意思，但非我所要说。"终日言不及义"，诚哉是无益之事；而且岂不疲倦？"舌敝唇焦"，也未免"穷斯滥矣"！不过偶尔"茶余酒后"，"月白风清"，约两个密友，吸着烟卷儿，尝着时新果子，促膝谈心，随兴趣之所至。时而上天，时而入地，时而论书，时而评画，时而纵谈时局，品鉴人伦，时而剖析玄理，密诉衷曲……等到兴尽意阑，便各自回去睡觉；明早一觉醒来，再各奔前程，修持"胜业"，想也不致耽误的。或当公私交集，身心俱倦之后，约几个相知到公园里散散步，不愿散步时，便到绿荫下长椅上坐着；这时作无定向的谈话，也是极有意味的。至于"'辟克匿克'来江边"，那更非"谈天"不可！我想这种"谈天"，无论如何，总不能算是大过吧。人家说清谈亡了晋朝，我觉得这未免是栽赃的办法。请问晋人的清谈,谁为为之？

孰令致之？——这且不说，我单觉得清谈也正是一种"生活之艺术"，只要有节制。有的如针尖的微触，有的如剪刀的一断；恰像吹皱一池春水，你的心便会这般这般了。"谈天"本不想求其有用，但有时也有大用；英哲洛克（Locke）的名著《人间悟性论》中述他著书之由——说有一日，与朋友们谈天，端绪愈引而愈远，不知所从来，也不知所届；他忽然惊异：人知的界限在何处呢？这便是他的大作最初的启示了。——这是我的一位先生亲口告诉我的。

我说海说天，上下古今谈了一番，自然仍不曾跳出我佛世尊——自己——的掌心，现在我还是偃旗息鼓，"回到自己的灵魂"吧。自己有今日的自己，有昨日的自己，有北京时的自己，有南京时的自己，有在父母怀抱中的自己……乃至一分钟有一个自己，一秒钟有一个自己。每一个自己无论大的，小的，都各提挈着一个世界，正如旅客带着一只手提箱一样。各个世界，各个自己之不相同，正如旅客手提箱里所装的东西之不同一样。各个自己与它所提挈的世界是一个大大的联环，决不能拆开的。譬如去年十月，我正仆仆于轮船火车之中。我现在回想那时的我，第一不能忘记的，是江浙战争；第二便是国庆。因战争而写来的父亲的岳父的信，一页页在眼前翻过；因战争而搬

生活的出色本命

家的人,一阵阵在面前走过;眼看学校一日日挨下去,直到关门为止。念头忽然转弯:林纾死了,法朗士死了;国际联盟第五届大会也闭幕了!……正如水的涟漪一样,一圈一圈地尽管晕开去,可以至于非常之多。只区区一个月的我,所提挈的已这样多,则积了三百几十个月的我,所提挈的当有无穷!要算起账来,倒是"大笔头"呢!若有那样细心,再把月化为日,日化为时,时化为分秒,我的世界当更不了不了!这其间有吃的,有睡的,有玩的,有笑的,有哭的,有糊涂的,有聪明的……若能将它们陈列起来,必大有意思;若能影戏片似的将它们摇过去,那更有意思了!人总有念旧之情的。我的一个朋友回到母校作教师的时候,偶然在故纸堆中翻到他十四岁时投考该校的一张相片,便爱它如儿子。我们对于过去的自己,大都像嚼橄榄一样,总有些儿甜的。我们依着时光老人的导引,一步步去温寻已失的自己;这走的便是"忆之路"。在"忆之路"上愈走得远,愈是有味;因苦味渐已蒸散而甜味却还留着的缘故。最远的地方是"儿时",在那里只有一味极淡极淡的甜;所以许多人都惦记着那里。这"忆之路"是颇长的,也是世界上一条大路。要成为一个自由的"世界民",这条路不可不走走的。

Chapter 2
慢慢走，欣赏啊

我的把戏变完了——咳！多少贫呢！我总之羡慕齐天大圣；他虽也跳不出佛爷的掌心，但到底能翻十万八千里的筋斗，又有七十二变化的！

"这也是生活"……

鲁迅

这也是病中的事情。

有一些事,健康者或病人是不觉得的,也许遇不到,也许太微细。到得大病初愈,就会经验到;在我,则疲劳之可怕和休息之舒适,就是两个好例子。我先前往往自负,从来不知道所谓疲劳。书桌面前有一把圆椅,坐着写字或用心的看书,是工作;旁边有一把藤躺椅,靠着谈天或随意的看报,便是休息;觉得两者并无很大的不同,而且往往以此自负。现在才知道是不对的,所以并无大不同者,乃是因为并未疲劳,也就是并未出力工作的缘故。

我有一个亲戚的孩子，高中毕了业，却只好到袜厂里去做学徒，心情已经很不快活的了，而工作又很繁重，几乎一年到头，并无休息。他是好高的，不肯偷懒，支持了一年多。有一天，忽然坐倒了，对他的哥哥道："我一点力气也没有了。"

他从此就站不起来，送回家里，躺着，不想饮食，不想动弹，不想言语，请了耶稣教堂的医生来看，说是全体什么病也没有，然而全体都疲乏了。也没有什么法子治。自然，连接而来的是静静的死。我也曾经有过两天这样的情形，但原因不同，他是做乏，我是病乏的。我的确什么欲望也没有，似乎一切都和我不相干，所有举动都是多事，我没有想到死，但也没有觉得生；这就是所谓"无欲望状态"，是死亡的第一步。曾有爱我者因此暗中下泪；然而我有转机了，我要喝一点汤水，我有时也看看四近的东西，如墙壁，苍蝇之类，此后才能觉得疲劳，才需要休息。

象心纵意的躺倒，四肢一伸，大声打一个呵欠，又将全体放在适宜的位置上，然后弛懈了一切用力之点，这真是一种大享乐。在我是从来未曾享受过的。我想，强壮的，或者有福的人，恐怕也未曾享受过。

记得前年，也在病后，做了一篇《病后杂谈》，共五节，投给《文学》，但后四节无法发表，印出来只剩了头一节了。虽然文章前面明明有一个"一"字,此后突然而止,并无"二""三",仔细一想是就会觉得古怪的,但这不能要求于每一位读者,甚而至于不能希望于批评家。于是有人据这一节,下我断语道:"鲁迅是赞成生病的。"现在也许暂免这种灾难了,但我还不如先在这里声明一下:"我的话到这里还没有完。"

有了转机之后四五天的夜里,我醒来了,喊醒了广平。

"给我喝一点水。并且去开开电灯,给我看来看去的看一下。"

"为什么?……"她的声音有些惊慌,大约是以为我在讲昏话。

"因为我要过活。你懂得么?这也是生活呀。我要看来看去的看一下。"

"哦……"她走起来,给我喝了几口茶,徘徊了一下,又轻轻的躺下了,不去开电灯。

我知道她没有懂得我的话。

街灯的光穿窗而入,屋子里显出微明,我大略一看,熟识的墙壁,壁端的棱线,熟识的书堆,堆边的未订的画集,外面的进行着的夜,无穷的远方,无数的人们,都和我有关。我存在着,我在生活,我将生活下去,我开始觉得自己更切实了，我有动作的欲望——但不久我又坠入了睡眠。

第二天早晨在日光中一看，果然，熟识的墙壁，熟识的书堆……这些，在平时，我也时常看它们的，其实是算作一种休息。但我们一向轻视这等事，纵使也是生活中的一片，却排在喝茶搔痒之下，或者简直不算一回事。我们所注意的是特别的精华，毫不在枝叶。给名人作传的人，也大抵一味铺张其特点，李白怎样做诗，怎样耍颠，拿破仑怎样打仗，怎样不睡觉，却不说他们怎样不耍颠，要睡觉。其实，一生中专门耍颠或不睡觉，是一定活不下去的，人之有时能耍颠和不睡觉，就因为倒是有时不耍颠和也睡觉的缘故。然而人们以为这些平凡的都是生活的渣滓，一看也不看。

于是所见的人或事，就如盲人摸象，摸着了脚，即以为象的样子像柱子。中国古人，常欲得其"全"，就是制妇女用的"乌鸡白凤丸"，也将全鸡连毛血都收在丸药里，方法固然可笑，主意却是不错的。

删夷枝叶的人，决定得不到花果。

为了不给我开电灯，我对于广平很不满，见人即加以攻击；到得自己能走动了，就去一翻她所看的刊物，果然,在我卧病期中,全是精华的刊物已经出得不少了,有些东西,后面虽然仍旧是"美容妙法","古木发光",或者"尼姑之秘密",但第一面却总有一点激昂慷慨的文章。作文已经有了"最中心之主题":连义和拳时代和德国统帅瓦德西睡了一些时候的赛金花,也早已封为九天护国娘娘了。

尤可惊服的是先前用《御香缥缈录》,把清朝的宫廷讲得津津有味的《申报》上的《春秋》,也已经时而大有不同,有一天竟在卷端的《点滴》里,教人当吃西瓜时,也该想到我们土地的被割碎,像这西瓜一样。自然,这是无时无地无事而不爱国,无可訾议的。但倘使我一面这样想,一面吃西瓜,我恐怕一定咽不下去,即使用劲咽下,也难免不能消化,在肚子里咕咚的响它好半天。这也未必是因为我病后神经衰弱的缘故。我想,倘若用西瓜作比,讲过国耻讲义,却立刻又会高高兴兴的把这西瓜吃下,成为血肉的营养的人,这人恐怕是有些麻木。对他无论讲什么讲义,都是毫无功效的。

我没有当过义勇军,说不确切。但自己问:战士如吃西瓜,是否大抵有一面吃,一面想的仪式的呢?我想:未必有的。他大概只觉得口渴,要吃,味道好,却并不想到此外任何好听的大道理。吃过西瓜,精神一振,战斗起来就和喉干舌敝时候不同，所以吃西瓜和抗敌的确有关系，但和应该怎样想的上海设定的战略，却是不相干。这样整天哭丧着脸去吃喝，不多久，胃口就倒了，还抗什么敌。

然而人往往喜欢说得稀奇古怪，连一个西瓜也不肯主张平平常常的吃下去。其实，战士的日常生活，是并不全部可歌可泣的，然而又无不和可歌可泣之部相关联，这才是实际上的战士。

　　　　　　　　　　　　　　　八月二十三日。

无答之问或无果之行

史铁生

现今,信徒们的火气似乎越来越大,狂傲风骨仿佛神圣的旗帜,谁若对其所思所行稍有疑虑或怠慢,轻则招致诅咒,重则引来追杀。这不免让人想起"红卫兵"时代的荒唐,大家颂扬和憧憬的是同一种幸福未来,却在实行的路途上相互憎恨乃至厮杀得英雄辈出,理想倒趁机飘离得更加遥远。很像两个孩子为一块蛋糕打架,从桌上打到桌下,打到屋外再打到街上,一只狗悄悄来过之后,理想的味道全变。

很多严厉的教派,如同各类专横的主义,让我不敢靠近。

闻佛门"大肚能容"可"容天下难容之事",倍觉亲近,喜爱并敬仰,困顿之时也曾得其教益。但时下,弄不清是怎么一来,佛门竟被信佛的潮流冲卷得与特异功能等同。说:佛就是最高档次的特异功能者,所以洞察了生命的奥秘。说:终极关怀即是对这奥秘的探索,惟此才是生命的根本意义,生命也才值得赞美。说:若不能平息心识的波澜,人就不可得此功能也就无从接近佛性。言下之意生命也就失去价值,不值得赞美。更说:便是动着行善的念头,也还是掀动了心浪,惟善恶不思才能风息浪止,那才可谓佛行。如是之闻,令我迷惑不已。

从听说特异功能的那一天起,我便相信其中必蕴藏了非凡的智识,是潜在的科学新大陆。当然不是因为我已明了其中奥秘,而是我相信,已有的科学知识与浩瀚的宇宙奥秘相比,毕竟沧海一粟,所以人类认识的每一步新路必定难符常规;倘不符常规即判定其假,真就是"可笑之人"也要失笑的可笑之事了。及至我终于目睹了特异功能的神奇,便更信其真,再听说它有多么不可思议的能力,也不会背转身去露一脸自以为是的嘲笑。嘲笑曾经太多,胜利的嘲笑一向就少。

但是——我要在"但是"后面小做文章了。(其实大小文章都是作于"但是"之后,即有所怀疑之时。)但是!我从始至今也不相信特异功能可以是宗教。"宗教"二字的色彩不论多么纷繁,终极关怀都是其最根本的意蕴。就是说,我不相信生命的意义就是凭借特异功能去探索生命的奥秘。那样的话它与科学又有什么不同?对于生命的奥秘,你是以特异功能去探索,还是以主流科学去探索,那都一样,都还不是宗教不是终极关怀,不同的只是这探索的先进与落后、精深与浅薄,以及功效的高低而已。而且这探索的前途,依"可笑之人"揣想,不外两种:或永无止境,或终于穷尽。"永无止境"比较好理解,那即是说,人类的种种探索,每时每刻都在限止上,每时每刻又都在无穷中;正因如此,才想到对终极的询问,才生出对终极的关怀,才要问生命的意义到底何在。而"终于穷尽"呢,总让人想不通穷尽之后又是什么?就便生命的奥秘终于了如指掌,难道生命的意义就不再成为问题吗?

我总以为,终极关怀主要不是对来路的探察,而是对去路的询问,虽然来路必要关心,来路的探察于去路的询问是有助的。在前几年的文学寻根热时,我写过几句话:"小麦是怎么从野草变来的是一回事,人类何以要种粮食又是一回事。不知前者尚可再从野草做起,不知后者则所为一概荒诞。"这想法,至今也还不觉得需要反悔。人,也许是猴子历经劳动后的演变，也许是上帝快乐或寂寞时的创造，也许是神仙智商泛滥时的发明，也许是外星人纵欲而留下的野种，也许是宇宙能量一次偶然或必然的融合，这都无关宏旨，但精神业已产生，这一事实无论其由来如何总是要询问一条去路，或者总是以询问去路证明它的存在，这才是关键。回家祭祖的路线并不一定含有终极关怀，盲流的家园可以是任意一方乐土，但精神放逐者的家园不可以不在生命的意义。生命的意义若是退回到猴子或还原为物理能量，那仿佛我们千辛万苦只是要追究"造物主"的错误。"道法自然"已差不多是信徒们的座右铭，但人，不在自然之中吗？人的生成以及心识的生成，莫非不是那浑然大道之所为？莫非不是"无为无不为"的自然之造化？去除心识，风息浪止，是法自然还是反自然，真是值得考虑。（所谓"不二法门"，料必是不能去除什么的，譬如心识。去除，倒反而证明是"二"。"万法归一"显然也不是寂灭，而是承认差别和矛盾的永在，惟愿其和谐地运动，朝着真善美的方向。）佛的伟大，恰在于他面对这差别与矛盾，以及由之而生的人间苦难，苦心孤诣沉思默想；在于他了悟之后并不放弃这个人间，依然心系众生，执着而艰难地行愿；在于有一人未度他便不能安枕的博爱胸怀。若善念一动也违佛法，佛的传经布道又算什么？若是他期待弟子们一念不动,佛法又如何传至今天?佛的光辉,当不在大雄宝殿之上,而在他苦苦地修与行的过程之中。佛的轻看佛法,绝非价值虚无,而是暗示了理论的局限。佛法的去除"我执",也并非是取消理想,而是强调存在的多维与拯救的无限。

(顺便说一句:六祖慧能得了衣钵,躲过众师兄弟的抢夺,星夜逃跑……这传说总让我怀疑。因为,这行动似与他的著名偈语大相径庭。既然"菩提本无树,明镜亦非台。本来无一物,何处染尘埃",倒又怎么如此地看重了衣钵呢?)

坦白说,我对六祖慧能的那句偈语百思而不敢恭维。"本来无一物"的前提可谓彻底,因而"何处染尘埃"的逻辑无懈可击,但那彻底的前提却难成立,因为此处之"物"显然不是指身外之物以及对它的轻视,而是就神秀的"身为菩提树,心如明镜台"而言,是对人之存在的视而不见,甚至是对人之心灵的价值取消。"本来无一物"的境界或许不坏,但其实那也就没有好歹之分,因为一切都无。一切都无是个省心省力的办法,甚至连那偈语也不必去写,宇宙就像人出现之前和灭绝之后那般寂静,浑然一体了无差异,又何必还有罗汉、菩萨、佛以及种种境界之分?但佛祖的宏愿本是根据一个运动着的世界而生,根据众生的苦乐福患而发，一切皆无，佛与佛法倒要去救助什么？所救之物首先应该是有的吧，身与心与尘埃与佛法当是相反相承的吧，这才是大乘佛法的入世精神吧。所以神秀的偈语，我以为更能体现这种精神，"身为菩提树，心如明镜台。时时勤拂拭，勿使染尘埃"，这是对身与心的正视，对罪与苦的不惧，对善与爱的提倡，对修与行的坚定态度。

也许，神秀所说的仅仅是现世修行的方法，而慧能描画的是终极方向和成佛后的图景。但是，"世上可笑之人"的根本迷惑正在这里：一切都无，就算不是毁灭而是天堂，那天堂中可还有差别？可还有矛盾？可还有运动吗？依时下信佛的潮流所期盼的，人从猴子变来，也许人还可变到神仙去，那么神仙即使长生是否也要得其意义呢？若意义也无，是否就可以想象那不过是一棵树、一块石、一座坚固而冷漠的大山、一团随生随灭的星云？就算这样也好，但这样又何劳什么终极关怀？随波逐流即是圣境，又何必念念不忘什么"因果"？想来这"因果"的牵念，仍然是苦乐福患，是生命的意义吧。

当然还有一说：一切都无，仅指一切罪与苦都无，而福乐常在，那便是仙境便是天堂，便是成佛。真能这样当然好极了。谁能得此好运，理当祝贺他，欢送他，或许还可以羡慕他。可是剩下的这个人间又将如何？如果成佛意味着独步天堂，成佛者可还为这人间的苦难而忧心吗？若宏愿不止，自会忧心依旧，那么天堂也就不只有福乐了。若思断情绝，弃这人间于不闻不问，独享福乐便是孜孜以求的正果，佛性又在哪儿？还是地藏菩萨说得好："地狱未空，誓不成佛。"我想这才是佛性之所在。但这样，便躲不过一个悖论了：有佛性的誓不成佛，自以为成佛的呢，又没了佛性。这便如何是好？佛将何在？佛位，岂不是没有了？

或许这样才好。佛位已空，才能存住佛性。佛位本无，有的才是佛行。这样才"空"得彻底，"无"得真诚，才不会执于什么衣钵，为着一个领衔的位置追来逃去。罗汉呀、菩萨呀，那无非标明着修习的进程，若视其为等等级级诱人的宝座，便难免又演出评职称和晋官位式的闹剧。佛的本意是悟，是修，是行，是灵魂的拯救，因而"佛"应该是一个动词，是过程而不是终点。

修行或拯救，在时空中和在心魂里都没有终点，想必这才是"灭执"的根本。大千世界生生不息，矛盾不休，运动不止，困苦永在，前路无限，何处可以留住？哪里能是终点？没有。求其风息浪止无扰无忧，倒像是妄念。指望着终点（成佛、正果、无苦而极乐），却口称"断灭我执"，不仅滑稽，或许就要走歪了路，走到为了独享逍遥连善念也要断灭的地步。

还是不要取消"心识"和"执着"吧——可笑如我者作如此想。因为除非与世隔绝顾自逍遥，魔性佛性总归都是一种价值信奉；因为只要不是毁灭，灵魂与肉身的运动必定就有一个方向；因为除了可祝贺者已独享福乐了之外，再没见有谁不执着的，惟执着点不同而已。有执着于爱的，有执着于恨的，有执着于长寿的，有执着于功名的，有执着于投奔天堂的，有执着于拯救地狱的，还有执着于什么也不执着以期换取一身仙风道骨的……想来，总不能因为有魔的执着存在，便连佛的执着也取消吧；总不能因为心识的可能有误，便连善与恶也不予识别，便连魔与佛也混为一谈吧。

佛之轻看心识，意思大概与"生命之树常青，理论永远是灰色的"相似。我们的智力、语言、逻辑、科学或哲学的理论，与生命或宇宙的全部存在相比，是有限与无穷的差距。今天人们已经渐渐看到，因为人类自许为自然的主宰，自以为科学技术的不断发展便可引领我们去到天堂，已经把这个地球榨取得多么枯瘪丑陋了，科学的天堂未见，而人们心魂中的困苦有增无减。因此，佛以其先知先觉倡导着另一种认识方法和生活态度。这方法和态度并不简单,若要简单地概括,佛家说是:明心见性。那意思是说:大脑并不全面地可靠,万勿以一(一己之见)概全(宇宙的全部奥秘),不可妄自尊大,要想接近生命或宇宙的真相,必得不断超越智力、逻辑、理论的局限,才能去见那更为辽阔奥渺的存在;要想创造人间的幸福,先要遵法自然的和谐,取与万物和平相处的态度。这当然是更为博大的智慧,但可笑如我者想,这并非意味着要断灭心识。那博大的智慧,是必然要经由心识的,继而指引心识,以及与心识通力合作。就像大学生都曾是从小学校里走出来的,而爱因斯坦的成就虽然超越了牛顿但并不取消牛顿。超凡入圣也不能弃绝了科学技术,最简单的理由就是芸芸众生并不个个都能餐风饮露。这是一个悖论,科学可以造福,科学也可以生祸,福祸相倚,由是佛的指点才为必要。语言和逻辑呢,也不能作废,否则便是佛经也不能读诵。佛经的流传到底还是借助了语言文字,经典的字里行间也还是以其严密的逻辑令人信服、教人醒悟。便是玄妙的禅宗公案,也仍然要靠人去沉思默解,便是"非常道"也只好强给它一个"非常名",真若不留文字,就怕那智慧终会湮灭,或沦为少数慧根丰厚者的独享。这又是一个悖论,语言给我们自由,同时给我们障碍,这自由与障碍之间才是佛的工作,才是道的全貌。最要紧的是:倘

Chapter 2
慢慢走，欣赏啊

在此心识纷纭、执着各异的世界上，一刀切地取消心识和执着，料必要得一个价值虚无的麻木硕果，以致佛魔难分，小术也称大道，贪官也叫公仆，恶也作佛善也作佛，佛位林立单单不见了佛性与佛行。

心识加执着，可能产生的最大祸患，怕就是专制也可以顺理成章。恶的心识自不必说，便是善的执着也可能如此。比如爱，"爱你没商量"就很可能把别人爱得痛苦不堪，从而侵扰了他人的自由和权利。但这显然不意味着应该取消爱，或者可爱可不爱。失却热情（执着）的爱早也就不是爱了。没有理性（心识）的爱呢，则很可能只是情绪的泛滥。美丽的爱是要执着的，但要使其在更加博大的维度中始终不渝，这应该是佛愿的指向，是终极的关怀。

心识也好，智慧也好，都只是对存在的（或生命奥秘的）"知"，不等于终极关怀。而且！智慧的所"见"也依然是没有止境，佛法的最令人诚服之处，就在于它并不讳言自身的局限和其超越、升华的无穷前景。若仅停留于"知"，并不牵系于"愿"付诸"行"，便常让人疑惑那是不是借助众生的苦难在构筑自己的光荣。南怀瑾先生的一部书中的一个章节，我记得标题是《惟在行愿》，我想这才言中了终极关怀。终极关怀都是什么？论起学问来令人胆寒，但我想"条条大路通罗马"，千头万绪都在一个"爱"

字上。"断有情"，也只是断那种以占有为目的，或以奉献求酬报的"有情"，而绝不是要把人断得麻木不仁，以致见地狱而绕行，见苦难而逃走。（话说回来，这绕行和逃走又明显是"有情"未断的表征，与地藏菩萨的关怀相比，优劣可鉴。）爱，不是占有，也不是奉献。爱只是自己的心愿，是自己灵魂的拯救之路。因而爱不要求（名、利、情的）酬报；不要求酬报的爱，才可能不通向统治他人和捆绑自己的"地狱"。地藏菩萨的大愿，大约就可以归结为这样的爱，至少是始于这样的爱吧。

但是，我很怀疑地藏菩萨的大愿能否完成。还是老问题：地狱能空吗？矛盾能无吗？困苦能全数消灭吗？没有差别没有矛盾没有困苦的世界，很难想象是极乐，只能想象是死寂。——我非常渴望有谁能来驳倒我，在此之前，我只好沿着我不能驳倒的这个逻辑想下去。

有人说：佛法是一条船，目的是要渡你去彼岸，只要能渡过苦海到达彼岸，什么样的船都是可以的。对此我颇存疑问：一是，说彼岸就是一块无忧的乐土，迄今的证明都很无力；二是，"到达"之后将如何？这个问题似在原地踏步，一筹莫展；三是，这样的"渡"，很像不图小利而要中一个大彩的心理，怕是聪明的人一多，又要天翻地覆地争夺不休。

所谓"断灭我执",我想根本是要断灭这种"终点执"。所谓"解脱",若是意味着逃跑,大约跑到哪儿也还是难于解脱,惟平心静气地接受一个永动的过程,才可望"得大自在"。彼岸,我想并不与此岸分离,并不是在这个世界的那边存在着一个彼岸。当地藏菩萨说"地狱不空,誓不成佛"时,我想,他的心魂已经进入彼岸。彼岸可以进入,但彼岸又不可能到达,是否就是说:彼岸又不是一个名词,而是动词?我想是的。彼岸、普度、宏愿、拯救,都是动词,都是永无止境的过程。而过程,意味着差别、矛盾、运动和困苦的永远相伴,意味着普度的不可完成。既然如此,佛的"普度众生"以及地藏菩萨的大愿岂不是一句空话了?不见得。理想,恰在行的过程中才可能是一句真话,行而没有止境才更见其是一句真话,永远行便永远能进入彼岸且不弃此岸。若因行的不可完成,便叹一声"活得真累",而后抛弃爱愿,并美其名为"解脱"和"得大自在"——人有这样的自由,当然也就不必太反对,当然也就不必太重视,就像目送一只"UFO"离去,回过头来人间如故。

还有一种意见,认为:说到底人只可拯救自己,不能拯救他人,因而爱的问题可以取消。我很相信"说到底人只可拯救自己",但怎样拯救自己呢?人不可能孤立地拯救自己,和,把自己拯救到一个与世隔绝的地方去。世上如果只有一个人，或者只有一个生命，拯救也就大可不必。拯救，恰是在万物众生的缘缘相系之中才能成立。或者说，福乐逍遥可以独享，拯救则从来是对众生（或曰人类）苦乐福患的关注。孤立一人的随生随灭，细细想去，原不可能有生命意义的提出。因而爱的问题取消，也就是拯救的取消。

当然"爱"也是一个动词，处于永动之中，永远都在理想的位置，不可能有彻底圆满的一天。爱，永远是一种召唤，是一个问题。爱，是立于此岸的精神彼岸，从来不是以完成的状态消解此岸，而是以问题的方式驾临此岸。爱的问题存在与否，对于一个人、一个族、一个类，都是生死攸关，尤其是精神之生死的攸关。

哲学与人生[1]

胡适

前次承贵会邀我演讲关于佛学的问题,我因为对于佛学没有充分的研究,拿浅薄的学识来演讲这一类的问题,未免不配;所以现在讲"哲学与人生",希望对于佛学也许可以贡献点参考。不过我所讲的有许多地方和佛家意见不合,佛学会的诸君态度很公开,大约能够容纳我的意见的!讲到"哲学与人生",我们必先研究它的定义:什么叫哲学?什么叫人生?然后才知道它们的关系。

---

[1] 本文系胡适于1923年11月为上海商科大学佛学研究会公开讲演的演说词。

我们先说人生。这六月来,国内思想界,不是有玄学与科学的笔战么?国内思想界的老将吴稚晖先生,就在《太平洋杂志》上发表一篇《一个新信仰的宇宙观及人生观》。其中下了一个人生定义。他说:"人是哺乳动物中的有二手二足用脑的动物。"人生即是这种动物所演的戏剧,这种动物在演时,就有人生;停演时就没人生。所谓人生观,就是演时对于所演之态度,譬如:有的喜唱花面,有的喜唱老生,有的喜唱小生,有的喜摇旗呐喊;凡此种种两脚两手在演戏的态度,就是人生观。不过单是登台演剧,红进绿出,有何意义?想到这层,就发生哲学问题。哲学的定义,我们常在各种哲学书籍上见到;不过我们尚有再找一个定义的必要。我在《中国哲学史大纲》上卷上所下的哲学的定义说:"哲学是研究人生切要的问题,从根本上着想,去找根本的解决。"但是根本两字意义欠明,现在略加修改,重新下了一个定义说:"哲学是研究人生切要的问题,从意义上着想,去找一个比较可普遍适用的意义。"现在举两个例来说明它:要晓得哲学的起点是由于人生切要的问题,哲学的结果,是对于人生的适用。人生离了哲学,是无意义的人生;哲学离了人生,是想入非非的哲学。现在哲学家多凭空臆说,离得人生问题太远,真是上穷碧落,愈闹愈糟!

Chapter 2
慢慢走，欣赏啊

现在且说第一个例：二千五百年前在喜马拉亚山南部有一个小国——迦叶——里，街上倒卧着一个病势垂危的老丐，当时有一个王太子经过，在别人看到，将这老丐赶开，或是毫不经意的走过去了；但是那王太子是赋有哲学的天才的人，他就想人为什么逃不出老、病、死，这三个大关头，因此他就弃了他的太子爵位、妻孥、便嬖、皇宫、财货，遁迹入山，去静想人生的意义。后来忽然在树下想到一个解决；就是将人生一切问题拿主观去看，假定一切多是空的，那末，老、病、死，就不成问题了。这种哲学的合理与否，姑不具论，但是那太子的确是研究人生切要的问题，从意义上着想去找他以为比较普遍适用的意义。

我们再举一个例：譬如我们睡到夜半醒来，听见贼来偷东西，我那就将他捉住，送县究办。假如我们没有哲性，就这么了事，再想不到"人为什么要作贼"等等的问题；或者那贼竟苦苦哀求起来，说他所以作贼的原故，因为母老，妻病，子女待哺，无处谋生，迫于不得已而为之，假如没哲性的人，对于这种吁求，也不见有甚良心上的反动。至于富于哲性的人就要问了，为什么不得已而为之？天下不得已而为之的事有多少？为什么社会没得给他做工？为什么子女这样多？为什么老病死？这种偷窃的行为，是由于社会的驱策，还是由于个人的堕落？为什么不给穷人偷？为什么他没有我有？他没有我有是否应该？拿这种问题，逐一推思下去，就成为哲学。由此看来，哲学是由小事放大，从意义着想而得来的，并非空说高谈能够了解的。推论到宗教哲学、政治哲学、社会哲学等，也无非多从活的人生问题推衍阐明出来的。

我们既晓得什么叫人生，什么叫哲学，而且略会看到两者的关系，现在再去看意义在人生上占的什么地位？现在一般的人饱食终日，无所用心。思想差不多是社会的奢侈品。他们看人生种种事实，和乡下人到城里来看见五光十色的电灯一样。只看到事实的表面，而不了解事实的意义。因为不能了解意义的原故，所以连事实也不能了解了。这样说来，人生对于意义，极有需要，不知道意义，人生是不能了解的。宋朝朱子这班人，终日对物格物，终于找不到着落，就是不从意义上着想的原故。又如平常人看见病人种种病象，他单看见那些事实而不知道那些事实的意义，所以莫明其妙。至于这些病象一到医生眼里，就能对症下药；因为医生不单看病象，还要晓得病象的意义的原故。因此，了解人生不单靠事实，还要知道意义！

Chapter 2
慢慢走，欣赏啊

　　那末，意义又从何来呢？有人说：意义有两种来源：一种是从积累得来，是愚人取得意义的方法；一种是由直觉得来，是大智取得意义的方法。积累的方法，是走笨路；用直觉的方法是走捷径。据我看来，欲求意义唯一的方法，只有走笨路，就是日积月累的去做刻苦的工夫，直觉不过是熟能生巧的结果，所以直觉是积累最后的境界，而不是豁然贯通的。大发明家爱迪生有一次演说，他说，天才百分之九十九是汗，百分之一是神，可见得天才是下了番苦功才能得来，不出汗决不会出神的。所以有人应付环境觉得难，有人觉得易，就是日积月累的意义多寡而已。哲学家并不是什么，只是对于人生所得的意义多点罢了。

　　欲得人生的意义，自然要研究哲学史，去参考已往的死的哲理。不过还有比较更要的，是注意现在的活的人生问题，这就是做人应有的态度。现在我举两个可模范的大哲学家来做我的结论，这两大哲学家一个是古代的苏格拉底，一个是现代的笛卡尔。

　　苏格拉底是希腊的穷人，他觉得人生醉生梦死，毫无意义，因此到公共市场，见人就盘问，想借此得到人生的解决。有一次，他碰到一个人去打官司，他就问他，为什么要打官司？那人答道，为公理。他复问道，什么叫公理？

那人便瞠目结舌不能作答。苏氏笑道：我知道我不知你，却不知道你不知呵！后来又有一个人告他的父亲不信国教，他又去盘问，那人又被问住了。因此希腊人多恨他，告他两大罪，说他不信国教，带坏少年，政府就判他的死刑。他走出来的时候，对告他的人说："未经考察过的生活，是不值得活的。你们走你们的路，我走我的路罢！"后来他就从容就刑，为找寻人生的意义而牺牲他的生命！

笛卡尔旅行的结果，觉到在此国以为神圣的事，在他国却视为下贱；在此国以为大逆不道的事，在别国却奉为天经地义，因此他觉悟到贵贱善恶是因时因地而不同的。他以为从前积下来的许多观念知识是不可靠的，因为它们多是趁他思想幼稚的时候侵入来的。如若欲过理性生活，必得将从前积得的知识，一件一件用怀疑的态度去评估它们的价值，重新建设一个理性的是非。这怀疑的态度，就是他对于人生与哲学的贡献。

现在诸君研究佛学，也应当用怀疑的态度去找出它的意义，是否真正比较得普遍适用？诸君不要怕，真有价值的东西，决不为怀疑所毁；而能被怀疑所毁的东西，决不会真有价值。我希望诸君实行笛卡尔的怀疑态度，牢记苏格拉底所说的"未经考察过的生活，是不值得活的"这句话。那末，诸君对于明阐哲学，了解人生，不觉其难了。

礼教与艺术

杨振声

礼教是一个民族中圣哲派的人儿们,无缘无故地发现了自己是先知先觉,于是议礼制度(受命于天的圣人天子)为后知后觉定下了成千成百条的(礼仪三百,威仪三千)生活方法。这种法子,嘉惠后人的地方多得来,而受赐最厚者则莫过于以下三种人:一是乡愿;二是下愚;三呢?你听了恐怕要笑的,就是艺术家。别发急,听我慢慢道来。

(一)您能坐如尸,立如斋,自然是有威可畏,有仪可相了。您能足容重,貌容恭,自然又是望之而后俨然了。您再能善推其所为,则一切做圣做哲,都有一定的方程式可以遵循的。你就不是生而知之的圣人与圣而不可知的神人，你也可把方程式简练以为揣摩，做个德之贼的乡愿，是容而且易的。不信，你闭上眼到街上一摸，十八摸总可摸到十八个乡愿。

（二）那一般生来的脑筋就是为吃饭用的，和那一般吃多了肉、脑筋臃肿到不能感应的人们，那一个不是可使由之而不可使知之，终日为之而不知其道者的。幸而生在五千年文明古国，有那些绝不掉的圣和弃不掉的智早给他们立下了大经大法，他们就可以不识不知顺帝之则了。说甚么不肖者拘焉，讲什么下愚不移，若是没有他们，那般圣人自命的人又以谁为刍狗呢？

（三）说到礼教嘉惠艺术，文章就不好作啦！礼教是以预定的方式把人类的行为放在方格里，处处要你的行为，如同几千年前文化初开时，那一般人的行为一模一样。所以礼教是拉了人向后退的。初民社会的 Taboo，可以使初民社会，永久是初民社会；文明古国的礼教，可以使文明古国，永久是文明古国。至于艺术，是对于原有的生活方法 Art of Living 不满意，原有的表现艺术 Art of Expression 不以为然，所以才用了创造的想象力 Creative Imagination 去开辟新生活。她的使命是永远向新的路上走。对于天然不满，所以要改造天工（如园艺建筑，其浅显者），对于人类不满，所以要另寻桃源（自老子之小国寡民与柏拉图之共和国以及最近 H.G.Wells 之新理想国，皆属此类）。礼教是把人类看为一块土做出来的傀儡，可以用一种大经大法，范围恒河沙数众生，所以说是放诸四海而不易，唯之百世而皆准。它看全世界只有一个人，就是圣人的模子造出来的那个模范人。艺术是个性的表现，处处是个人的生活方法与其人生观念之流露。艺术要人做耕田的牛，步步去辟荒；礼教要人做磨坊的驴，步步是旧路。

这样看来，礼教与艺术是相反的，为何要说礼教嘉惠艺术呢？我说，唯其相反，故能相成，没有礼教，艺术无以凭借而生，怎么不是礼教嘉惠了艺术呢？艺术的内容是什么？我敢大胆说一句，就是人性与礼教之冲突 The Conflict between human nature and moral code。人性争而胜，则成喜剧 Comedy；礼教争而胜，则成悲剧 Tragedy。在古昔迷信时代，则误信为人事与天命之争，中古黑暗时代，则托形于性求与宗教之争，近世科学时代（特别是心理分析学、伦理学与社会学），则承认为人性与礼教之争。就是人性有所需求，而礼教压迫束缚之，使其郁而不伸，则性求成为 Suppressed Wish。人性可压而不可灭，所以纡徐曲折，借艺术以表现之，心理分析学所谓 Sublimation 者，即此说也。《诗三百篇》（当限于《国风》)大抵皆男女相思悦之词。若使人有感即发,有求必得,则亦如鱼相忘于江湖耳,那里来得挣扎,没挣扎那里又生出创造。故文艺之兴,必在社会上礼教始具雏形之际,如诗之岂不夙夜,畏行多露,又如仲可怀也,人之多言,亦可畏也诸诗,即性求与礼教之冲突,是显而易见的了。幸而有只些礼教,做了牛郎织女的银河,而艺术才成了填桥的乌鹊。这不过是就近取譬,举一反三罢了。所以我又敢大胆说一句,礼教对于艺术,是他山之石,可以攻玉。

Chapter
———
3

因存在而快乐

人生在世，除了每日的生活，其实并不真正拥有任何东西。

想 飞

徐志摩

假如这时候窗子外有雪——街上，城墙上，屋脊上，都是雪，胡同口一家屋檐下偎着一个戴黑兜帽的巡警，半拢着睡眼，看棉团似的雪花在半空中跳着玩……假如这夜是一个深极了的啊，不是壁上挂钟的时针指示给我们看的深夜，这深就比是一个山洞的深，一个往下钻螺旋形的山洞的深……

假如我能有这样一个深夜，它那无底的阴森捻起我遍体的毫管；再能有窗子外不住往下筛的雪，筛淡了远近间飑骨动的市谣，筛泯了在泥道上挣扎的车轮。筛灭了脑壳中不妥协的潜流……

我要那深，我要那静。那在树荫浓密处躲着的夜鹰轻易不敢在天光还在照亮时出来睁眼。思想；它也得等。

青天里有一点子黑的。正冲着太阳耀眼，望不真，你把手遮着眼，对着那两株树缝里瞧，黑的，有榧子来大，不，有桃子来大——嘿，又移着往西了！

我们吃了中饭出来到海边去。（这是英国康槐尔极南的一角，三面是大西洋。）勖丽丽的叫响从我们的脚底下匀匀的往上颤，齐着腰，到了肩高，过了头顶，高入了云，高出了云。啊，你能不能把一种急震的乐音想象成一阵光明的细雨，从蓝天里冲着这平铺着青绿的地面不住的下？不，那雨点都是跳舞的小脚，安琪儿的。云雀们也吃过了饭，离开了它们卑微的地巢飞往高处做工去。上帝给它们的工作，替上帝做的工作。瞧着，这儿一只，那边又起了两！一起就冲着天顶飞，小翅膀动活得多快活，圆圆的，不踌躇的飞，——它们就认识青天。一起就开口唱，小嗓子动活得多快活，一颗颗小精圆珠子直往外唾，亮亮的唾，脆脆的唾，——它们赞美的是青天。瞧着，这飞得多高，有豆子大，有芝麻大，黑刺刺的一屑，直顶着无底的天顶细细的摇，——这全看不见了，影子都没了！但这光明的细雨还是不住的下着……

Chapter 3
因存在而快乐

飞。"其翼若垂天之云……背负青天,而莫之夭阏者";那不容易见着。我们镇上东关厢外有一座黄泥山,山顶上有一座七层的塔,塔尖顶着天。塔院里常常打钟,钟声响动时,那在太阳西晒的时候多,一枝艳艳的大红花贴在西山的鬓边回照着塔山上的云彩,——钟声响动时,绕着塔顶尖,摩着塔顶天,穿着塔顶云,有一只两只有时三只四只有时五只六只蜷着爪往地面瞧的"饿老鹰",撑开了它们灰苍苍的大翅膀没挂恋似的在盘旋,在半空中浮着,在晚风中泅着,仿佛是按着塔院钟的波荡来练习圆舞似的。那是我做孩子时的"大鹏"。有时好天抬头不见一瓣云的时候听着虓忧忧的叫响,我们就知道那是宝塔上的饿老鹰寻食吃来了,这一想象半天里秃顶圆睛的英雄,我们背上的小翅膀骨上就仿佛豁出了一锉锉铁刷似的羽毛,摇起来呼呼响的,只一摆就冲出了书房门,钻入了玳瑁镶边的白云里玩儿去,谁耐烦站在先生书桌前晃着身子背早上上的多难背的书!啊,飞!不是那在树枝上矮矮的跳着的麻雀儿的飞;不是那凑天黑从堂扁后背冲出来赶蚊子吃的蝙蝠的飞;也不是那软尾巴软嗓子做窠在堂檐上的燕子的飞。要飞就得满天飞,风拦不住云挡不住的飞,一翅膀就跳过一座山头,影子下来遮得阴二十亩稻田的飞,到天晚飞倦了就来绕着那塔顶尖顺着风向打圆圈做梦……听说饿老鹰

活出生命的本色

会抓小鸡!

　　飞。人们原来都是会飞的。天使们有翅膀,会飞,我们初来时也有翅膀,会飞。我们最初来就是飞了来的,有的做完了事还是飞了去,他们是可羡慕的。但大多数人是忘了飞的,有的翅膀上掉了毛不长再也飞不起来,有的翅膀叫胶水给胶住了再也拉不开,有的羽毛叫人给修短了像鸽子似的只会在地上跳,有的拿背上一对翅膀上当铺去典钱使过了期再也赎不回……真的,我们一过了做孩子的日子就掉了飞的本领。但没了翅膀或是翅膀坏了不能用是一件可怕的事。因为你再也飞不回去,你蹲在地上呆望着飞不上去的天,看旁人有福气的一程一程的在青云里逍遥,那多可怜。而且翅膀又不比是你脚上的鞋,穿烂了可以再问妈要一双去,翅膀可不成,折了一根毛就是一根,没法给补的。还有,单顾着你翅膀也还不定规到时候能飞,你这身子要是不谨慎养太肥了,翅膀力量小再也拖不起,也是一样难不是?一对小翅膀驮不起一个胖肚子,那情形多可笑!到时候你听人家高声的招呼说,朋友,回去罢,趁这天还有紫色的光,你听他们的翅膀在半空中沙沙的摇响,朵朵的春云跳过来拥着他们的肩背,望着最光明的来处翩翩的,冉冉的,轻烟似的化出了你的视域,像云雀似

Chapter 3
因存在而快乐

的只留下一泓光明的骤雨——"Thou art unseen, but yet I hear thy shrill delight"——那你,独自在泥涂里淹着,够多难受,够多懊恼,够多寒伧!趁早留神你的翅膀,朋友。

是人没有不想飞的。老是在这地面上爬着够多厌烦,不说别的。飞出这圈子,飞出这圈子!到云端里去,到云端里去!那个心里不成天千百遍的这么想?飞上天空去浮着,看地球这弹丸在太空里滚着,从陆地看到海,从海再看回陆地。凌空去看一个明白——这才是做人的趣味,做人的权威,做人的交代。这皮囊要是太重挪不动,就掷了它,可能的话,飞出这圈子,飞出这圈子!

人类初发明用石器的时候,已经想长翅膀。想飞。原人洞壁上画的四不象,它的背上掮着翅膀;拿着弓箭赶野兽的,他那肩背上也给安了翅膀。小爱神是有一对粉嫩的肉翅的。挨开拉斯(Icarus)是人类飞行史里第一个英雄,第一次牺牲。安琪儿(那是理想化的人)第一个标记是帮助他们飞行的翅膀。那也有沿革——你看西洋画上的表现。最初像是一对小精致的令旗,蝴蝶似的粘在安琪儿们的背上,像真的,不灵动的。渐渐的翅膀长大了,地位安准了,毛羽丰满了。画图上的天使们长上了真的可能的翅膀。人类初次实现了翅膀的观念,彻悟了飞行的意义。挨开拉斯闪不死的灵魂,回来投生又投生。人类最大的使命,是制造翅膀;最大的成功是飞!理想的极度,想象的止境,从人到神!诗是翅膀上出世的;哲理是在空中盘旋的。飞:超脱一切,笼盖一切,扫荡一切,吞吐一切。

你上那边山峰顶上试去,要是度不到这边山峰上,你就得到这万丈的深渊里去找你的葬身地!"这人形的鸟会有一天试他第一次的飞行,给这世界惊骇,使所有的著作赞美,给他所从来的栖息处永久的光荣。"啊达文睿!

但是飞?自从挨开拉斯以来,人类的工作是制造翅膀,还是束缚翅膀?这翅膀,承上了文明的重量,还能飞吗?都是飞了来的,还都能飞了回去吗?钳住了,烙住了,压住了,——这人形的鸟会有试他第一次飞行的一天吗?……

同时天上那一点子黑的已经迫近在我的头顶,形成了一架鸟形的机器,忽的机沿一侧,一球光直往下注,砌的一声炸响,——炸碎了我在飞行中的幻想,青天里平添了几堆破碎的浮云。

一九二六年四月十四日至十六日作

因存在而快乐

李银河

对于生命之偶然，萨特的感觉是恶心。我的感觉常常是心中被完全抽空的一种失重感。好像自己已经脱离了重力原理，飘向无尽的虚空。在那里，一切都无足轻重，一切都没有意义，只是一种无机的存在，非常悲凉的感觉。

尽管生命偶然这一事实属于心中禁区，但是每隔一段时间，总会想一下。想象中，在无数大大小小的星球上，自己像小虫子一样在其中的一个上面存在一小会儿，然后就消失得无影无踪，好像从未存在过一样。生命短暂得像眼开眼闭的一瞬，如白驹过隙一般，一闪而过。心中怎能不恐慌，怎能不悲凉？

既然事实如此，既然想也无用，徒增烦恼而已，为什么还要想呢？唯一的好处是可以使人从一切日常琐碎的烦恼中超脱。物质生活的困顿啊，精神生活的挫折啊，人际交往的不如意啊。所有这些小烦恼、小痛苦，只要稍稍想象一下自己在宇宙中存在的状态，就马上可以超脱出来，变得无忧无虑，心中无比平静。

我曾经对一个得过抑郁症的朋友说过这个意思，只要稍稍想一下宇宙和自身的对比，还有什么烦恼？还需要吃百忧解吗？他说真到那个时候，根本想不了什么宇宙，只是困在自身的痛苦和烦恼之中，完全没有出路。可是我就是不明白，我只想问：朋友，你认真想了宇宙了吗？你强迫自己想象一下了吗？只要真的较真地想了，能没有我前述的感觉吗？

除了解忧之外，偶尔想一想宇宙之浩瀚和生命之偶然，也可以获得内心的快乐感觉。只因存在过而快乐，只因仍旧存在而快乐。归根结底，快乐与痛苦只是一个硬币的两面而已，此时此刻想看哪一面，全凭自己随心所欲。

人生在世，除了每日的生活，其实并不真正拥有任何东西。人们总想在有生之年尽量多地占有东西，无论是金钱、权力还是名望。这些东西确实能够为人带来快乐，但是人并不能真正地拥有它们。以钱为例，俗话说，花掉的才是财产，没花掉的是遗产，就是这个意思。如果没有用于自己的生活，那么那钱你并未真正拥有，只是放在银行里的纸或者是银行卡上的一个数字而已。

既然我们能够拥有的只有生活，那就应当热爱生活，去珍惜每一天的生命，去兴致勃勃地度过自己宝贵的时间。清醒的意识使我们时时意识到生命的短暂，用我们的全部生命去追求快乐，好好享用自己生命的每一天，这样才对得起自己的生命。

谈"流浪汉"

梁遇春

当人生观论战已经闹个满城风雨,大家都谈厌烦了不想再去提起时候,我一天忽然写一篇短文,叫做"人死观"。这件事实在有些反动嫌疑,而且该挭思想落后的罪名,后来仔细一想,的确很追悔。前几年北平有许多人讨论 Gentleman 这字应该要怎么样子翻译才好,现在是几乎谁也不说这件事了,我却又来喋喋,谈那和"君子"Gentleman 正相反的"流浪汉"Vagabond,将来恐怕免不了自悔。但是想写文章时候,那能够顾到那么多呢?

Gentleman 这字虽然难翻,可是还不及 Vagabond

这字那样古怪，简直找不出适当的中国字眼来。普通的英汉字典都把它翻做"走江湖者""流氓""无赖之徒""游手好闲者"……但是我觉得都失丢这个字的原意。Vagabond 既不像走江湖的卖艺为生，也不是流氓那种一味敲诈，"无赖之徒""游手好闲者"都带有贬骂的意思，Vagabond 却是种可爱的人儿。在此无可奈何时候，我只好暂用"流浪汉"三字来翻，自然也不是十分合式的。我以为 Gentleman，Vagabond 这些字所以这么刁钻古怪，是因为它们被人们活用得太久了，原来的意义早已消失，于是每个人用这个字时候都添些自己的意思，这字的涵义越大，更加好活用了。因此在中国寻不出一个能够引起那么多的联想的字来。本来 Gentleman，Vagabond 这二个字和财产都有关系的，一个是拥有财产，丰衣足食的公子，一个是毫无恒产，四处飘零的穷光蛋。因为有钱，自然能够受良好的教育，行动举止也温文尔雅，谈吐也就蕴藉不俗，更不至于跟人铢锱必较，言语冲撞了。Gentleman 这字的意义就由世家子弟一变变做斯文君子，所以现在我们不管一个人出身的贵贱，财产的有无，只要他的态度是温和，做人很正直，我们都把他当做 Gentleman。一班穷酸的人们被人冤枉时节，也可以答辩道："我虽然穷，却是个 Gentleman。" Vagabond 这个字意义的演化也经过了同样的历程。本来只指那班什么财产也没有，天天随便混过去的人们。他们既没有一定的职业，有时或者也干些流氓的勾当。但是他们整天随遇而安，倒也无忧无虑，他们过惯了放松的生活，所以就是手边有些钱，也是胡里胡涂地用光，对人们当然是很慷慨的。他们没有身家之虑，做事也就痛痛快快，并不像富人那种畏首畏尾，瞻前顾后。酒是大杯地喝下去，话是随便地顺口开河，有时也胡诌些有趣味的谎语。他们万事不关怀，天天笑呵呵，规矩的人们背后说他们没有责任心。他们与世无忤，既不会桌上排着一斗黄豆，一斗黑豆，打算盘似的整天数自己的好心思和坏心思，也不会皱着眉头，弄出连环巧计来陷害人们。他们的行为是胡涂的，他们的心肠是好的。他们是大个顽皮小孩，可是也带了小孩的天真。他们脑里存了不少奇奇怪怪的幻想，满脸春风，老是笑迷迷的，一些机心也没有。……我们现在把凡是带有这种心情的人们都叫做Vagabond，就是他们是王侯将相的子孙，生平没有离开家乡过也不碍事。他们和中国古代的侠客有些相像，可是他们又不像侠客那样朴刀横腰，给夸大狂迷住，一脸凶气，走遍天下专为打不平。他们对于伦理观念，没有那么死板地痴痴执着。我不得已只好翻做"流浪汉"，流浪是指流浪的心情，所以我所赞美的流浪汉或者同守深闺的小姐一样，终身未出乡里一步。

英国十九世纪末叶诗人和小品文作家斯密士 Alexander Smith 对于流浪汉是无限地颂扬。他有一段描写流浪汉的文章，说得很妙。他说："流浪汉对于许多事情的确有他的特别意见。比如他从小是同密尼表妹一起养大，心里很爱她，而她小孩时候对于他的感情也是跟着年龄热烈起来，他俩结合后大概也可以好好地过活，他一定把她娶来，并没有考虑到他们收入将来能够不能够允许他请人们来家里吃饭或者时髦地招待朋友。这自然是太鲁莽了。可是对于流浪汉你是没法子说服他。他自己有他一套再古怪不过的逻辑（他自己却以为是很自然的推论），他以为他是为自己娶亲的，并不是为招待他的朋友的缘故；他把得到一个女人的真心同纯洁的胸怀比袋里多一两镑钱看得重得多。规矩的人们不爱流浪汉。那班膝下有还未出嫁姑娘的母亲特别怕他——并不是因他为子不孝，或者将来不能够做个善良的丈夫，或者对朋友不忠，但是他的手不像别人的手，总不会把钱牢牢地握着。他对于外表丝毫也不讲究。他结交朋友，不因为他们有华屋美酒，却是爱他们的性情，他们的好心肠，他们讲笑话听笑话的本领，以及许多别人看不出的好处。因此他的朋友是不拘一类的，在富人的宴会里却反不常见到他的踪迹。我相信他这种流浪态度使他得到许多好处。他对于人生的希奇古怪的地方都有接触过。他对于人性晓得便透彻，好像一个人走到乡下，有时舍开大路，去凭吊荒墟古冢，有时在小村逆旅休息，路上碰到人们也攀谈起来，这种人对于乡下自然比那在坐四轮马车里骄傲地跑过大道的知道得多。我们因为这无理的骄傲，失丢了不少见识。一点流浪汉的习气都没有的人是没有什么价值的。"斯密士说到流浪汉的成家立业的法子，可见现在所谓的流浪汉并不限于那无家可归，脚跟如蓬转的人们。斯密士所说的只是一面，让我再由另一个观察点——流浪汉和 Gentleman 的比较——来论流浪汉，这样子一些一些凑起来或者能够将流浪汉的性格描摹得很完全，而且流浪汉的性格复杂万分（汉既以流浪名，自不是安分守己，方正简单的人们），绝不能一气说清。

英国文学里分析 Gentleman 的性格最明晰深入的文章，公推是那位叛教分子纽门 G.H.Newman 的《大学教育的范围同性质》。纽门说："说一个人他从来没有给别人以苦痛，这句话几乎可以做'君子'的定义……'君子'总是从事于除去许多障碍，使同他接近的人们能够自然地随意行动；'君子'对于他人行动是取赞同合作态度，自己却不愿开首主动……真正的'君子'极力避免使同他在一块的人们心里感到不快或者颤震，以及一切意见的冲突

Chapter 3
因存在而快乐

或者感情的碰撞，一切拘束，猜疑，沉闷，怨恨；他最关心的是使每个人都很随便安逸像在自己家里一样。"这样小心翼翼的君子我们当然很愿意和他们结交，但是若使天下人都是这么我让你，你体贴我，扭扭泥泥的，谁也都是捧着同情等着去附和别人的举动，可是谁也不好意思打头阵；你将就我，我将就你，大家天天只有个互相将就的目的，此外是毫无成见的，这种的世界和平固然很和平，可惜是死国的和平。迫得我们不得不去欢迎那豪爽英迈，勇往直前的流浪汉。他对于自己一时兴到想干的事趣味太浓厚了，只知道口里吹着调子，放手做去，既不去打算这事对人是有益是无益，会成功还是容易失败，自然也没有虑及别人的心灵会不会被他搅乱，而且"君子"们袖手旁观，本是无可无不可的，大概总会穿着白手套轻轻地鼓掌。流浪汉干的事情不一定对社会有益，造福于人群，可是他那股天不怕，地不怕，不计得失，不论是非的英气总可以使这麻木的世界呈现些须生气，给"君子"们以赞助的材料，免得"君子"们整天掩着手打呵欠（流浪汉才会痛快地打呵欠，"君子"们总是像林黛玉那样子抿着嘴儿）找不出话讲，我承认偷情的少女，再嫁的寡妇都是造福于社会的，因为没有她们，那班贞洁的小姐，守节的孀妇就失丢了谈天的材料，也无从来赞美自己了。并且流浪汉整天瞎闹过去,不仅目中无人,简直把自己都忘却了。真正的流浪汉所以不会引起人们的厌恶,因为他已经做到无人无我的境地,那一刹那间的冲动是他惟一的指导,他自己爱笑,也喜欢看别人的笑容,别的他什么也不管了。"君子"们处处为他人着想,弄得不好,反使别人怪难受,倒不如流浪汉的有饭大家吃,有酒大家喝,有话大家说,先无彼此之分,人家自然会觉得很舒服,就是有冲撞地方,也可以原谅,而且由这种天真的冲撞更可以见流浪汉的毫无机心。真是像中国旧文人所爱说文章天成,妙手偶得之,流浪汉任性顺情,万事随缘,丝毫没有想到他人,人们却反觉得他是最好的伴侣,在他面前最能够失去世俗的拘束,自由地行动。许多人爱留连在乌烟瘴气的酒肆小茶店里,不愿意去高攀坐在王公大人们客厅的沙发上,一班公子哥儿喜欢跟马夫下流人整天打伙,不肯到他那客气温和的亲戚家里走走,都是这种道理。纽门又说:"君子知道得很清楚,人类理智的强处同弱处,范围同限制。若使他是个不信宗教的人,他是太精明太雅量了,绝不会去嘲笑或者反宗教;他太智慧了,不会武断地或者热狂地反教。他对于虔敬同信仰有相当的尊敬;有些制度他虽然不肯赞同,可是他还以为这些制度是可敬的良好的或者有用的;他礼遇牧师,自己仅仅是不谈宗教的神秘,没有去攻击否认。

Chapter 3
因存在而快乐

他是信教自由的赞助者,这并不只是因为他的哲学教他对于各种宗教一视同仁,一半也是由于他的性情温和近于女性,凡是有文化的人们都是这样。"这种人修养功夫的确很到家,可谓火候已到,丝毫没有火气,但是同时也失去活气,因为他所磨炼去的火是 Prometheus 由上天偷来做人们灵魂用的火。十八世纪第一画家 Reynolds 是位脾气顶好的人,他的密友约翰生(就是那位麻脸的胖子)一天对他说:"Reynolds 你对于谁也不恨,我却爱那善于恨人的人。"约翰生伟大的脑袋蕴蓄有许多对于人生微妙的观察,他通常冲口而出的牢骚都是入木三分的慧话。恨人恨得好(A good hater)真是一种艺术,而且是人人不可不讲究的。我相信不会热烈地恨人的人也是不知道怎地热烈地爱人。流浪汉是知道如何恨人,如何爱人。他对于宗教不是拚命地相信,就是尽力地嘲笑。Donne, Herrick, Celleni 都是流浪汉气味十足的人们,他们对于宗教都有狂热;Voltaire, Nietzsche 这班流浪汉就用尽俏皮的辞句,热嘲冷讽,掉尽枪花,来讥骂宗教。在人生这幕悲剧的喜剧或者喜剧的悲剧里,我们实在应该旗帜分明地对于一切不是打到,就是拥护,否则到处妥协,灰色地独自踯躅于战场之上,未免太单调了,太寂寞了。我们既然知道人类理智的能力是有限的,那么又何必自作聪明,僭居上帝的地位，盲目地对于一切主张都持个大人听小孩说梦话态度，保存种白痴的无情脸孔，暗地里自夸自己的眼力不差，晓得可怜同原谅人们低弱的理智。真真对于人类理智力的薄弱有同情的人是自己也加入跟着人们胡闹，大家一起乱来，对人们自然会有无限同情。和人们结伙走上错路，大家当然能够不言而喻地互相了解。当浊酒三杯过后，大家拍桌高歌，莫名其妙地相视而笑，莫逆于心，那时人们才有真正的同情，对于人们的弱点有愿意的谅解，并不像"君子"们的同情后面常带有我佛如来怜悯众生的冷笑。我最怕那人生的旁观者，所以我对于厚厚的约翰生传会不倦地温读，听人提到 Addison 的旁观报就会皱眉，虽然我也承认他的文章是珠圆玉润，修短适中，但是我怕他那像死尸一般的冰冷。纽门自己说"君子"的性情温和近于女性（The gentleness and effeminacy of feeling），流浪汉虽然没有这类在台上走 S 式步伐的旖旎风光，他却具有男性的健全。他敢赤身露体地和生命肉搏，打个你死我活。不管流浪汉的结果如何，他的生活是有力的，充满趣味的，他没有白过一生，他尝尽人生的各种味道，然后再高兴地去死的国土里遨游。这样在人生中的趣味无穷翻身打滚的态度，已经值得我们羡慕，绝不是女性的"君子"所能晓得的。

Chapter 3
因存在而快乐

耶稣说过:"凡想要保全生命的,必丧掉生命。凡丧掉生命的,必救活生命。"流浪汉无时不是只顾目前的痛快,早把生命的安全置之度外,可是他却无时不尽量地享受生之乐。守己安分的人们天天守着生命,战战兢兢,只怕失丢了生命,反把生命真正的快乐完全忽略,到了盖棺论定,自己才知道白宝贵了一生的生命,却毫无受到生命的好处,可惜太迟了,连追悔的时候都没有。他们对于生命好似守财奴的念念不忘于金钱,不过守财奴还有夜夜关起门来,低着头数血汗换来的钱财的快乐,爱惜生命的人们对于自己的生命,只有刻刻不忘的担心,连这种沾沾自喜的心情也没有,守财奴为了金钱缘故还肯牺牲了生命,比那什么想头也消失了,光会顾惜自己皮肤的人们到底是高一等,所以上帝也给他那份应得的快乐。用句罗素的老话,流浪汉对于自己生命不取占有冲动,是被创造冲动的势力鼓舞着。实在说起来,宇宙间万事万物流动不息,那里真有常住的东西。只有灭亡才是永存不变的,凡是存在的天天总脱不了变更,这真是"法轮常转"。Walter Pater 在他的《文艺复兴研究》的结论曾将这个意思说得非常美妙,可惜写得太好了,不敢翻译。尤其生命是瞬刻之间,变幻万千的,不跳动的心是属于死人的。所以除非顺着生命的趋势,高兴地什么也不去管望前奔,人们绝不能够享受人生。近代小品文家 Jackson 在他那篇论"流浪汉"文里说:"流浪汉如入生命的波涛汹涌的狂潮里生活。"他不把生命紧紧地拿着,(普通人将生命握得太紧,反把生命弄僵化死了)却做生命海中的弄潮儿,伸开他的柔软身体,跟着波儿上下,他感觉到处处触着生命,他身内的热血也起共鸣。最能够表现流浪汉这种的精神是美国放口高歌,不拘韵脚的惠提曼 Walt Whitman 他那本诗集《草之叶》 Leaves of Grass 里句句诗都露出流浪汉的本色,真可说是流浪汉的圣经。流浪汉生活所以那么有味一半也由于他们的生活是很危险的。踢足球,当兵,爬悬崖峭壁……所以会那么饶有趣味,危险性也是一个主因。在这个单调寡趣,平淡无奇的人生里凡有血性的人们常常觉到不耐烦,听到旷野的呼声,原人时代啸游山林,到处狩猎的自由化做我们的本能,潜伏在黑礼服的里面,因此我们时时想出外涉险,得个更充满的不羁生活。万顷波涛的大海谁也知道覆灭过无千无数的大船,可是年年都有许多盎格罗萨格逊的小孩恋着海上危险的生涯,宁愿抛弃家庭的安逸,违背父母的劝谕,跑去过碧海苍天中辛苦的水手生涯。海所以会有那么大的魔力就是因为它是世上最危险的地方,而身心健全的好汉那个不爱冒险,爱慕海洋的生活,不仅是一"海上夫人"而已也。所以海洋能够有小说家们

Chapter 3
因存在而快乐

像 Marryat, Cooper, Loti, Conrad 等等去描写它, 而他们的名著又能够博多数人的同情。蔼理斯曾把人生比做跳舞, 若使世界真可说是个跳舞场, 那么流浪汉是醉眼蒙眬, 狂欢地跳二人旋转舞的人们。规矩的先生们却坐在小桌边无精打采地喝无聊的咖啡, 空对着似水的流年惆怅。

流浪汉在无限量地享受当前生活之外, 他还有丰富的幻想做他的伴侣。Dickens 的《块肉余生述》里面的 Micawber 在极穷困的环境中不断地说"我们快交好运了", 这确是流浪汉的本色。他总是乐观的, 走的老是蔷薇的路。他相信前途一定会光明, 他的将来果然会应了他的预测, 因为他一生中是没有一天不是欣欣向荣的; 就是悲哀时节, 他还是肯定人生, 痛痛快快地哭一阵后, 他的泪珠已滋养大了希望的根苗。他信得过自己, 所以他在事情还没有做出之前, 就先口说莲花, 说完了, 另一个新的冲动又来了, 他也忘却自己讲的话, 那事情就始终没有干好。这种言行不能一致, 孔夫子早已反对在前, 可是这类英气勃勃的矛盾是多么可爱! 蔼理斯在他名著《生命的跳舞》里说: "我们天天变更, 世界也是天天变更, 这是顺着自然的路, 所以我们表面的矛盾有时就全体来看却是个深一层的一致。"(他的话大概是这样, 一时记不清楚。流浪汉跟着自然一团豪兴。想到那里就说到那里, 他的生活是多么有力。行为不一定是天下一切主意的唯一归宿，有些微妙的主张只待说出已是值得赞美了，做出来或者反见累赘。神话同童话里的世界那个不爱，虽然谁也知道这是不能实现的。流浪汉的快语在惨淡的人生上布一层彩色的虹。这就很值得我们谢谢了，并且有许多事情起先自己以为不能胜任，若使说出话来，因此不得不努力去干，到会出乎意料地成功；倘然开头先怕将来不好，连半句话也不敢露，一碰到障碍，就随它去，那么我们的作事能力不是一天天退化了。一定要言先乎事，做我们努力的刺激，生活才有兴味，才有发展。就是有时失败，富有同情的人们定会原谅，尖酸刻薄人们的同情是得不到的，并且是不值一文的。我们的行为全借幻想来提高，所以 Masefield 说"缺乏幻想能力的人民是会灭亡的"。幻想同矛盾是良好生活的经纬。流浪汉心里想出七古八怪的主意，干出离奇矛盾的事情。什么传统正道也束缚他不住，他真可说是自由的骄子，在他的眼睛里，世界变做天国，因为他过的是天国里的生活。

若使我们翻开文学史来细看，许多大文学家全带有流浪汉气味。Shakespeare 偷过人家的鹿，Ben Jonson, Merlowe 等都是 Mermaid Tavern 这家酒店的老主顾，Goldsimith 吴市吹箫，靠着他的口笛遍游大陆，Steele

Chapter 3
因存在而快乐

整天忙着躲债，Charles Lamd，Leigh Hunt 颠头颠脑，吃大烟的 Coleridge，De Quincey 更不用讲了，拜伦，雪莱，济茨那是谁也晓得的。就是 Wordsworth 那么道学先生神气，他在法国时候，也有过一个私生女，他有一首有名的十四行诗就是说这个女孩。目光如炬专说精神生活的塔果尔小孩时候最爱的是逃学。Browning 带着人家的闺秀偷跑，Mrs. Browning 违着父亲淫奔，前数年不是有位好事先生考究出 Dickens 年青时许多不轨的举动，其他如 Swinburne，Stevenson 以及《黄书》杂志那班唯美派作家那是更不用说了。为什么偏是流浪汉才会写出许多不朽的书，让后来"君子"式的大学生整天整夜按部就班地念呢？头一下因为流浪汉敢做敢说，不晓得掩饰求媚，委曲求全，所以他的话真挚动人。有时加上些瞒天大谎，那谎却是那样子大胆子地杜撰的，一般拘谨人和假君子所绝对不敢说的，谎言因此有谎言的真实在，这真实是扯谎者的气魄所逼成的。而且文学是个性的结晶，个性越显明，越能够坦白地表现出来，那作品就更有价值。流浪汉是具有出类拔萃的个性的人物，他们的思想同行事全有他们的特别性格的色彩，他们豪爽直截的性情使他们能够把这种怪异的性格跃跃地呈现于纸上。斯密士说得不错"天才是个流浪汉"，希腊哲学家讲过知道自己最难，所以在世界文学里写得好的自传很少,可是世界中所流传几本不朽的自传全是流浪汉写的。Cellini 杀人不眨眼,并且敢明明白白地记下,他那回忆录(Memoirs)过了几千年还没有失去光辉。Augustine 少年时放荡异常,他的忏悔录却同托尔斯泰(他在莫斯科纵欲的事迹也是不可告人的)的忏悔录,卢骚的忏悔录同垂不朽。富兰克林也是有名的流浪汉,不管他怎样假装做正人君子,他那浪子的骨头总常常露出,只要一念 Cobbett 攻击他的文章就知道他是个多么古怪一个人。De Quincey 的《英国一个吃鸦片人的忏悔录》,这个名字已经可以告诉我们那内容了。做《罗马衰亡史》的 Gibbon,他年青时候爱同教授捣乱,他那本薄薄的自传也是个愉快的读物。Jeffries 一心全在自然的美上面,除开游荡山林外,什么也不注意,他那《心史》是本冰雪聪明,微妙无比的自白。记得从前美国一位有钱老太太希望她的儿子成个文学家,写信去请教一位文豪,这位文豪回信说:"每年给他几千镑,让他自己鬼混去罢。"这实在是培养创造精神的无上办法。我希望想写些有生气的文章的大学生不死滞在文科讲堂里,走出来当一当流浪汉罢。最近半年北大的停课对于中国将来文坛大有裨益,因为整天没有事只好逛市场跑前门的文科学生免不了染些流浪汉气息。这种千载一时的机会,希望我那些未毕业的同学们好好地利用，免贻后悔。

前几年才死去的一位英国小说家 Conrad 在他的散文集《人生与文学》内，谈到一位有流浪汉气的作家 Luffmann，说起有许多小女读他的书以后，写信去向他问好，不禁醋海生波，顾影自怜地（虽然他是老舟子出身）叹道："我平生也写过几本故事（我不愿意无聊地假假自谦），既属纪实，又很有趣。可是没有女人用温柔的话写信给我。为什么呢？只是因为我没有他那种流浪汉气。家庭中可爱的专制魔王对于这班无法无天的人物偏动起怜惜的心肠。"流浪汉确是个可爱的人儿，他具有完全男性，情怀潇洒，磊落大方，哪个怀春的女儿见他不会倾心。俗语说"痴心女子负心汉"。就是因为负心汉全是处处花草颠连的浪子，什么事情都不放在心头，他那痛快淋漓的气概自然会叫那老被人拘在深闺里的女孩儿一见心倾，后来无论他怎地负心总是痴心地等待着。中古的贵女爱骑士，中国从前的美人爱英雄总是如花少女对于风尘中飘荡人的一往情深的表现。红拂的夜奔李靖，乌江军帐里的虞姬，随着范蠡飘荡五湖的西施……这些例子也不知道有多少。清朝上海窑子爱姘马夫，现在电影明星姘汽车夫，姨太太跟马弁偷情也是同样的道理。总之流浪汉天生一种叫人看着不得不爱的情调，他那种古怪莫测的行径刚中女人爱慕热情的易感心灵。岂只女人的心见着流浪汉会熔，我们不是有许多瞎闹胡乱用钱行事乖张的朋友，常常向我们借钱捣乱，可是我们始终恋着他们率直的态度，对他们总是怜爱帮忙。天下最大的流浪汉是基督教里的魔鬼。可是那个人心里不喜欢魔鬼。在莎士比亚以前英国神话剧盛行时候，丑角式的魔鬼一上场，大家都忙着拍手欢迎，魔鬼的一举一动看客必定跟着捧腹大笑。Robert Lynd 在他的小品文集《橘树》里《论魔鬼》那篇中说"《失乐园》诗所说的撒但在我们想象中简直等于儿童故事里面伟大英猛的海盗。"凡是儿童都爱海盗，许多人念了密尔敦史诗觉得诡谲的撒但比板板的上帝来得有趣得多。魔鬼的堪爱地方太多了，不是随便说得完，留得将来为文细论。

　　清末有几位王公贝勒常在夏天下午换上叫花子的打扮，偷跑到什刹海路旁口唱莲花向路人求乞，黄昏时候才解下百衲衣回王府去。我在北京住了几年，心中很羡慕旗人知道享乐人生，这事也是一个证明。大热天气里躺在柳阴底下，顺口唱些歌儿，自在地饱看来往的男男女女；放下朝服，着半件轻轻的破衫，尝一尝暂时流浪汉生活的滋味，这是多么知道享受人生。戏子的生活也是很有流浪汉的色彩，粉墨登场，去博人们的笑和泪，自己仿佛也变做戏中人物，清末宗室有几位很常上台串演，这也是他们会

Chapter 3
因存在而快乐

寻乐地方。白浪滔天半生奔走天下,最后入艺者之家,做一个门弟子,他自己不胜感慨,我却以为这真是浪人应得的涅槃。不管中外,戏子女优必定是人们所喜欢的人物全靠着他们是社会中最显明的流浪汉。Dickens 的小说所以会那么出名,每回出版新书时候,要先通知警察到书店门口守卫,免得购书的人争先恐后打起架来,也是因为他书内大角色全是流浪汉,Pickwick 俱乐部那四位会员和他们周游中所遇的人们,《双城记》中的 Carton 等等全是第一等的流浪汉。《儒林外史》的杜少卿,《水浒》的鲁智深,《红楼梦》的柳二郎,《老残游记》的补残老是深深地刻在读者的心上,变成模范的流浪汉。

流浪汉自己一生快活,并且凭空地布下快乐的空气,叫人们看到他们也会高兴起来,说不出地喜欢他们,难怪有人说"自然创造我们时候,我们个个都是流浪汉,是这俗世把我们弄成个讲究体面的规矩人"。在这点我要学着卢骚,高呼"返于自然"。无论如何,在这麻木不仁的中国,流浪汉精神是一服极好的兴奋剂,最需要的强心针。就是把什么国家,什么民族一笔勾销,我们也希望能够过个有趣味的一生,不像现在这样天天同不好不坏,不进不退的先生们敷衍。写到这里,忽然记起东坡一首《西江月》,觉得很能道出流浪汉的三昧,就抄出做个结论罢!

生活出的
生命
的本色

照野弥弥浅浪，

横空隐隐层霄，

障泥未解玉骢骄，

我欲醉眠芳草。

可惜一溪风月，

莫教蹋碎琼瑶，

解鞍欹枕绿杨桥，

杜宇一声春晓。

"顷在黄州，春夜行蕲水中，过酒家，饮酒醉。乘月至一溪桥上，解鞍曲肱，醉卧少休。及觉已晓，乱山攒拥，流水锵锵，疑非尘世也。书此语桥柱上。"

十八年除夕之前二日于福州。

灯下漫笔

鲁迅

一

有一时,就是民国二三年时候,北京的几个国家银行的钞票,信用日见其好了,真所谓蒸蒸日上。听说连一向执迷于现银的乡下人,也知道这既便当,又可靠,很乐意收受,行使了。至于稍明事理的人,则不必是"特殊知识阶级",也早不将沉重累坠的银元装在怀中,来自讨无谓的苦吃。想来,除了多少对于银子有特别嗜好和爱情的人物之外,所有的怕大都是钞票了罢,而且多是本国的。但可惜后来忽然受了一个不小的打击。

就是袁世凯想做皇帝的那一年,蔡松坡先生溜出北京,到云南去起义。这边所受的影响之一,是中国和交通银行的停止兑现。虽然停止兑现,政府勒令商民照旧行用的威力却还有的;商民也自有商民的老本领,不说不要,却道找不出零钱。假如拿几十几百的钞票去买东西,我不知道怎样,但倘使只要买一枝笔,一盒烟卷呢,难道就付给一元钞票么?不但不甘心,也没有这许多票。那么,换铜元,少换几个罢,又都说没有铜元。那么,到亲戚朋友那里借现钱去罢,怎么会有?于是降格以求,不讲爱国了,要外国银行的钞票。但外国银行的钞票这时就等于现银,他如果借给你这钞票,也就借给你真的银元了。

我还记得那时我怀中还有三四十元的中交票,可是忽而变了一个穷人,几乎要绝食,很有些恐慌。俄国革命以后的藏着纸卢布的富翁的心情,恐怕也就这样的罢;至多,不过更深更大罢了。我只得探听,钞票可能折价换到现银呢?说是没有行市。幸而终于,暗暗地有了行市了:六折几。我非常高兴,赶紧去卖了一半。后来又涨到七折了,我更非常高兴,全去换了现银,沉垫垫地坠在怀中,似乎这就是我的性命的斤两。倘在平时,钱铺子如果少给我一个铜元,我是决不答应的。

但我当一包现银塞在怀中,沉垫垫地觉得安心,喜欢

Chapter 3
因存在而快乐

的时候,却突然起了另一思想,就是:我们极容易变成奴隶,而且变了之后,还万分喜欢。

假如有一种暴力,"将人不当人",不但不当人,还不及牛马,不算什么东西;待到人们羡慕牛马,发生"乱离人,不及太平犬"的叹息的时候,然后给与他略等于牛马的价格,有如元朝定律,打死别人的奴隶,赔一头牛,则人们便要心悦诚服,恭颂太平的盛世。为什么呢?因为他虽不算人,究竟已等于牛马了。

我们不必恭读《钦定二十四史》,或者入研究室,审察精神文明的高超。只要一翻孩子所读的《鉴略》,——还嫌烦重,则看《历代纪元编》,就知道"三千余年古国古"的中华,历来所闹的就不过是这一个小玩艺。但在新近编纂的所谓"历史教科书"一流东西里,却不大看得明白了,只仿佛说:咱们向来就很好的。

但实际上,中国人向来就没有争到过"人"的价格,至多不过是奴隶,到现在还如此,然而下于奴隶的时候,却是数见不鲜的。中国的百姓是中立的,战时连自己也不知道属于哪一面,但又属于无论哪一面。强盗来了,就属于官,当然该被杀掠;官兵既到,该是自家人了罢,但仍然要被杀掠,仿佛又属于强盗似的。这时候,百姓就希望有一个一定的主子,拿他们去做百姓,——不敢,是拿他们去做牛马,情愿自己寻草吃,只求他决定他们怎样跑。

假使真有谁能够替他们决定,定下什么奴隶规则来,自然就"皇恩浩荡"了。可惜的是往往暂时没有谁能定。举其大者,则如五胡十六国的时候,黄巢的时候,五代时候,宋末元末时候,除了老例的服役纳粮以外,都还要受意外的灾殃。张献忠的脾气更古怪了,不服役纳粮的要杀,服役纳粮的也要杀,敌他的要杀,降他的也要杀:将奴隶规则毁得粉碎。这时候,百姓就希望来一个另外的主子,较为顾及他们的奴隶规则的,无论仍旧,或者新颁,总之是有一种规则,使他们可上奴隶的轨道。

"时日曷丧,予及汝偕亡!"愤言而已,决心实行的不多见。实际上大概是群盗如麻,纷乱至极之后,就有一个较强,或较聪明,或较狡滑,或是外族的人物出来,较有秩序地收拾了天下。厘定规则:怎样服役,怎样纳粮,怎样磕头,怎样颂圣。而且这规则是不像现在那样朝三暮四的。于是便"万姓胪欢"了;用成语来说,就叫作"天下太平"。

任凭你爱排场的学者们怎样铺张,修史时候设些什么"汉族发祥时代""汉族发达时代""汉族中兴时代"的好题目,好意诚然是可感的,但措辞太绕湾子了。有更其直捷了当的说法在这里——

Chapter 3
因存在而快乐

一，想做奴隶而不得的时代；

二，暂时做稳了奴隶的时代。

这一种循环，也就是"先儒"之所谓"一治一乱"；那些作乱人物，从后日的"臣民"看来，是给"主子"清道辟路的，所以说："为圣天子驱除云尔。"

现在入了哪一时代，我也不了然。但看国学家的崇奉国粹，文学家的赞叹固有文明，道学家的热心复古，可见于现状都已不满了。然而我们究竟正向着哪一条路走呢？百姓是一遇到莫名其妙的战争，稍富的迁进租界，妇孺则避入教堂里去了，因为那些地方都比较的"稳"，暂不至于想做奴隶而不得。总而言之，复古的，避难的，无智愚贤不肖，似乎都已神往于三百年前的太平盛世，就是"暂时做稳了奴隶的时代"了。

但我们也就都像古人一样，永久满足于"古已有之"的时代么？都像复古家一样，不满于现在，就神往于三百年前的太平盛世么？

自然，也不满于现在的，但是，无须反顾，因为前面还有道路在。而创造这中国历史上未曾有过的第三样时代，则是现在的青年的使命！

二

但是赞颂中国固有文明的人们多起来了,加之以外国人。我常常想,凡有来到中国的,倘能疾首蹙额而憎恶中国,我敢诚意地捧献我的感谢,因为他一定是不愿意吃中国人的肉的!

鹤见祐辅氏在《北京的魅力》中,记一个白人将到中国,预定的暂住时候是一年,但五年之后,还在北京,而且不想回去了。有一天,他们两人一同吃晚饭——

"在圆的桃花心木的食桌前坐定,川流不息地献着山海的珍味,谈话就从古董,画,政治这些开头。电灯上罩着支那式的灯罩,淡淡的光洋溢于古物罗列的屋子中。什么无产阶级呀,Proletariat呀那些事,就像不过在什么地方刮风。

"我一面陶醉在支那生活的空气中,一面深思着对于外人有着'魅力'的这东西。元人也曾征服支那,而被征服于汉人种的生活美了;满人也征伐支那,而被征服于汉人种的生活美了。现在西洋人也一样,嘴里虽然说着Democracy呀,什么什么呀,而却被魅于支那人费六千年而建筑起来的生活的美。一经住过北京,就忘不掉那生活的味道。大风时候的

Chapter 3
因存在而快乐

万丈的沙尘,每三月一回的督军们的开战游戏,都不能抹去这支那生活的魅力。"

这些话我现在还无力否认他。我们的古圣先贤既给与我们保古守旧的格言,但同时也排好了用子女玉帛所做的奉献于征服者的大宴。中国人的耐劳,中国人的多子,都就是办酒的材料,到现在还为我们的爱国者所自诩的。西洋人初入中国时,被称为蛮夷,自不免个个蹙额,但是,现在则时机已至,到了我们将曾经献于北魏,献于金,献于元,献于清的盛宴,来献给他们的时候了。出则汽车,行则保护;虽遇清道,然而通行自由的;虽或被劫,然而必得赔偿的;孙美瑶掳去他们站在军前,还使官兵不敢开火。何况在华屋中享用盛宴呢?待到享受盛宴的时候,自然也就是赞颂中国固有文明的时候;但是我们的有些乐观的爱国者,也许反而欣然色喜,以为他们将要开始被中国同化了罢。古人曾以女人作苟安的城堡,美其名以自欺曰"和亲",今人还用子女玉帛为作奴的贽敬,又美其名曰"同化"。所以倘有外国的谁,到了已有赴宴的资格的现在,而还替我们诅咒中国的现状者,这才是真有良心的真可佩服的人!

但我们自己是早已布置妥帖了,有贵贱,有大小,有上下。自己被人凌虐,但也可以凌虐别人;自己被人吃,但也可以吃别人。一级一级的制驭着,不能动弹,也不想动弹了。因为倘一动弹,虽或有利,然而也有弊。我们且看古人的良法美意罢——

"天有十日,人有十等。下所以事上,上所以共神也。故王臣公,公臣大夫,大夫臣士,士臣皂,皂臣舆,舆臣隶,隶臣僚,僚臣仆,仆臣台。"(《左传》昭公七年)

但是"台"没有臣,不是太苦了么?无须担心的,有比他更卑的妻,更弱的子在。而且其子也很有希望,他日长大,升而为"台",便又有更卑更弱的妻子,供他驱使了。如此连环,各得其所,有敢非议者,其罪名曰不安分!

虽然那是古事,昭公七年离现在也太辽远了,但"复古家"尽可不必悲观的。太平的景象还在:常有兵燹,常有水旱,可有谁听到大叫唤么?打的打,革的革,可有处士来横议么?对国民如何专横,向外人如何柔媚,不犹是差等的遗风么?中国固有的精神文明,其实并未为共和二字所埋没,只有满人已经退席,和先前稍不同。

因此我们在目前,还可以亲见各式各样的筵宴,有烧烤,有翅席,有便饭,有西餐。但茅檐下也有淡饭,路傍也有残羹,野上也有饿莩;有吃烧烤的身价不资的阔人,也有饿得垂死的每斤八文的孩子(见《现代评论》二十一期）。所谓中国的文明者，其实不过是安排给阔人享用的人肉的筵宴。所谓中国者，其实不过是安排这人肉的筵宴的厨房。不知道而赞颂者是可恕的，否则，此辈当得永远的诅咒！

外国人中，不知道而赞颂者，是可恕的；占了高位，养尊处优，因此受了蛊惑，昧却灵性而赞叹者，也还可恕的。可是还有两种，其一是以中国人为劣种，只配悉照原来模样，因而故意称赞中国的旧物。其一是愿世间人各不相同以增自己旅行的兴趣，到中国看辫子，到日本看木屐，到高丽看笠子，倘若服饰一样，便索然无味了，因而来反对亚洲的欧化。这些都可憎恶。至于罗素在西湖见轿夫含笑，便赞美中国人，则也许别有意思罢。但是，轿夫如果能对坐轿的人不含笑，中国也早不是现在似的中国了。

这文明，不但使外国人陶醉，也早使中国一切人们无不陶醉而且至于含笑。因为古代传来而至今还在的许多差别，使人们各各分离，遂不能再感到别人的痛苦；并且因为自己各有奴使别人，吃掉别人的希望，便也就忘却自己同有被奴使被吃掉的将来。于是大小无数的人肉的筵宴，即从有文明以来一直排到现在，人们就在这会场中吃人，被吃，以凶人的愚妄的欢呼，将悲惨的弱者的呼号遮掩，更不消说女人和小儿。

这人肉的筵宴现在还排着,有许多人还想一直排下去。

扫荡这些食人者,掀掉这筵席,毁坏这厨房,则是现在的青年的使命!

一九二五年四月二十九日。

刹 那

朱自清

我所谓"刹那",指"极短的现在"而言。

在这个题目下面,我想略略说明我对于人生的态度。现在人说到人生,总要谈它的意义与价值;我觉得这种"谈"是没有意义与价值的。且看古今多少哲人,他们对于人生,都曾试作解人,议论纷纷,莫衷一是;他们"各思以其道易天下",但是谁肯真个信从呢?——他们只有自慰自驱吧了!我觉得人生的意义与价值横竖是寻不着的;——至少现在的我们是如此——而求生的意志却是人人都有的。既然求生,当然要求好好的生。如何求好好的

生活出的生命本色

生,是我们各人"眼前的"最大的问题;而全人生的意义与价值却反是大而无当的东西,尽可搁在一旁,存而不论。因为要求好好的生,断不能用总解决的办法;若用总解决的办法,便是"好好的"三个字的意义,也尽够你一生的研究了,而"好好的生"终于不能努力去求的!这不是走入牛角湾里去了么?要求好好的生,须零碎解决,须随时随地去体会我生"相当的"意义与价值;我们所要体会的是刹那间的人生,不是上下古今东西南北的全人生!

着眼于全人生的人,往往忘记了他自己现在的生活。他们或以为人生的意义与价值在于过去;时时回顾着从前的黄金时代,涎垂三尺!而不知他们所回顾的黄金时代,实是传说的黄金时代!——就是真有黄金时代,区区的回顾又岂能将它招回来呢?他们又因为念旧的情怀,往往将自己的过去任情扩大,加以点染,作为回顾的资料,惆怅的因由。这种人将在惆怅,惋惜之中度了一生,永没有满足的现在———一刹那也没有!惆怅惋惜常与彷徨相伴;他们将彷徨一生而无一刹那的成功的安息!这是何等的空虚呀。着眼于全人生的,或以为人生的意义与价值在于将来;时时等待着将来的奇迹。而将来的奇迹真成了奇迹,永不降临于笼着手,垫着脚,伸着颈,只知道"等待"的人!他们事事都等待"明天"去做,"今天"却专作为等待之用;

Chapter 3
因存在而快乐

自然的，到了明天，又须等待明天的明天了。这种人到了死的一日，将还留着许许多多明天"要"做的事——只好来生再做了吧！他们以将来自驱，在徒然的盼望里送了一生，成功的安慰不用说是没有的，于是也没有满足的一刹那！"虚空的虚空"便是他们的运命了！这两种人的毛病，都在远离了现在——尤其是眼前的一刹那。

着眼于现在的人未尝没有。自古所谓"及时行乐"，正是此种。但重在行乐，容易流于纵欲；结果偏向一端，仍不能得着健全的，谐和的发展——仍不能得着好好的生！况且所谓"及时行乐"，往往"醉翁之意不在酒"；不过借此掩盖悲哀，并非真正在行乐。杨恽说，"人生行乐耳，须富贵何时！"明明是不得志时的牢骚语。"遇饮酒时须饮酒，得高歌处且高歌"，明明是哀时事不可为而厌世的话。这都是消极的！消极的行乐，虽属及时，而意别有所寄；所以便不能认真做去，所以便不能体会行乐的一刹那的意义与价值——虽然行乐，不满足还是依然，甚至变本加厉呢！欧洲的颓废派，自荒于酒色，以求得刹那间官能的享乐为满足；在这些时候，他们见着美丽的幻象，认识了自己。他们的官能虽较从前人敏锐多多，但心情与纵欲的及时行乐的人正是大同小异。他们觉到现世的苦痛，已至忍无可忍的时候，才用颓废的方法，以求暂时的遗忘；

正如糖面金鸡纳霜丸一般，面子上一点甜，里面却到心都是苦呀！友人某君说，颓废便是慢性的自杀，实能道出这一派的精微处。总之，无论行乐派，颓废派，深浅虽有不同，却都是"伤心人别有怀抱"；他们有意的或无意的企图"生之毁灭"。这是求生意志的消极的表现；这种表现当然不能算是好好的生了。他们面前的满足安慰他们的力量，决不抵他们背后的不满足压迫他们的力量；他们终于不能解脱自己，仅足使自己沉沦得更深而已！他们所认识的自己，只是被苦痛压得变形了的，虚空的自己；决不是充实的生命，决不是的！所以他们虽着眼于现在，而实未体会现在一刹那的生活的真味；他们不曾体会着一刹那的意义与价值，仍只是白辜负他们的刹那的现在！

　　我们目下第一不可离开现在，第二还应执着现在。我们应该深入现在的里面，用两只手揿牢它，愈牢愈好！已往的人生如何的美好，或如何的乏味而可憎；已往的我生如何的可珍惜，或如何的可厌弃，"现在"都可不必去管它，因为过去的已"过去"了。——孔子岂不说："往者不可谏"么？将来的人生与我生，也应作如是观；无论是有望，是无望，是绝望，都还是未来的事，何必空空的操心呢？要晓得"现在"是最容易明白的；"现在"虽不是最好，却是最可努力的地方，就是我们最能管的地方。因为是最能管的,所以是最可爱的。古尔孟曾以葡萄喻人生:说早晨还酸,傍晚又太熟了,最可口的是正午时摘下的。这正午的一刹那,是最可爱的一刹那,便是现在。事情已过,追想是无用的;事情未来,预想也是无用的;只有在事情正来的时候,我们可以把捉它,发展它,改正它,补充它:使它健全,谐和,成为完满的一段落,一历程。历程的满足,给我们相当的欢喜。譬如我来此演讲,在讲的一刹那,我只专心致志地讲;决不想及演讲以前吃饭,看书等事,也不想及演讲以后发表讲稿,毁誉等事。——我说我所爱说的,说一句是一句,都是我心里的话。我说完一句时,心里便轻松了一些,这就是相当的快乐了。这种历程的满足便是我所谓"我生相当的意义与价值",便是"我们所能体会的刹那间的人生"。无论您对于全人生有如何的见解,这刹那间的意义与价值总是不可埋没的。您若说人生如电光泡影,则刹那便是光的一闪,影的一现。这光影虽是暂时的存在,但是有不是无,是实在不是空虚;这一闪一现便是实现,也便是发展——也便是历程的满足。您若说人生是不朽的,刹那的生当然也是不朽的。您若说人生向着死之路,那么,未死前的一刹那总是生,总值得好好的体会一番的;何况未死前还有无量数的刹那呢?您若说人生是无限的,好,刹那也可说是无限的。无论怎样说,刹那总是有的，总是真的；刹那间好好的生总可以体会的。好了，不要思前想后的了，耽误了"现在"，又是后来惋惜的资料，向谁去追索呀？你们"正在"做什么，就尽力做什么吧；最好的是 -ing，可宝贵的 -ing 呀！你们要努力满足"此时此地此我"！——这叫做"三此"，又叫做刹那。

言尽于此，相信我的，不要再想，赶快去做你今晚的事吧；不相信的，也不要再想，赶快去做你今晚的事吧！

知命与努力[1]

梁启超

今天所讲的题目是"知命与努力"。知命同努力这两件事，骤看似乎不易合并在一处。《列子·力命》篇中曾经说明力与命不能相容，我从前作的诗也有"百年力与命相持"之句，都是把知命同努力分开，而且以为两者不能并存。可是，究竟是不是这样呢？现在便要研究这个问题。胡适之先生在欧洲演说中国文化，狠攻击"知命"之说，以为知命是一种懒惰哲学，这种主张能养成懒惰根性。这

---

[1] 本文系梁启超于1927年5月22日在华北大学讲演的演说词。

话若不错,那么,我们这个懒惰人族,将来除了自然淘汰之一途外,真没有别条路可走了。但究竟是不是这样呢?现在还当讨论。

在《论语》里面有一句话:"不知命,无以为君子。"意思是说:凡人非有知命的工夫不能作君子。"君子"二字,在儒家的意义常是代表高尚人格的。可以知道儒家的意见,是以知命为养成高尚人格的重要条件。其他"五十而知命"等类的话狠多,知命一事在儒家可谓重视极了。再来返观儒家以外的各家的态度怎样呢?墨家树起反对之帜,矫正儒家,所攻击的,大半是儒家所重视的,所以墨家自然不相信命。《墨子·非命》篇中便极端否认知命,在现在讲,可算"打倒知命"了。列子的意见,更可从《力命》篇中看出,他假设两人对话,一名力,一名命,争论结果,偏重于命。列子是代表道家的,可见道家的主张,是根本将命抬到最高的地位,而将力压服在下面,和墨家重力黜命的宗旨恰恰相反。可是儒家就不然,一面讲命,一面亦讲力,知命和努力,是同在一样的重要的地位,即以"不知命,无以为君子"一句论,为君子便是努力,但却以知命为必要条件,可知在儒家的眼光中两者毫无轩轾了。

"命"字到底怎么解呢?《论语》中的话很简单,未曾把定义揭出来。我们只好在儒家后辈的书籍中寻解说,

Chapter 3
因存在而快乐

《孟子》《荀子》《礼记》,这三种都是后来儒家的重要的书。《孟子》说:"莫之致而至者,命也。"意谓并不靠我们力量去促成,而它自己当然来的,便是命。《荀子》说:"节遇谓之命。"节是时节,意谓在某一时节偶然遇着的,便是命。《礼记》说:"分于道之谓命。"这一条,戴东原解释得最详,他以为道是全体的统一的,在那全体的里面,分一部分出来,部分对于全体,自然要受其支配,那叫做"分限",便是命。综合这几条,简单的说,就是我们的行为,受了一种不可抵抗的力量的支配,偶然间遇着一个机会,或者被限制着,止许在一定范围内自由活动,这便是命。命的观念,大概如此。

分限——命——的观念既明,究竟有多少种类,经过详密的分析,大约有下列四种:(一)自然界给予的分限:这类分限,极为明显易知,如现在天暖,须服薄衣,转眼秋冬来了,又要需用厚衣,这便是一种自然界的分限。用外国语解释,便是自然界对于人类行为,给的一个order,只能在范围内活动,想超过是不能的。人类常常自夸,人力万能征服了自然界,但是到底征服了多少,还是个问题。譬如前时旧金山和日本的地震,人类几十年努力经营的结果,只消自然界几秒钟的破坏,便消灭无余。人类到底征服了自然界多少呢?近几天,天文家又传说彗

生活的本色出命

星将与地球接近，星尾若扫到地面，便要发生危险。此事固未实现，然假设彗星尾与地面接触了，那变化又何堪设想，彼时人类征服自然界的力量又如何呢？这样便证明自然界的力量，委实比我们人类大得多，人类不得不在它给予的分限中讨生活的。（二）社会给予的分限：凡是一个社会，必有它的时间的遗传和空间的环境，这两样都能给予人们以重变的分限。无论如何强有力的人，在一个历时很久的社会中，总不能使那若干年遗传的结果消灭，并且自身反要受它的影响。即如我中华民国，挂上"民治"招牌已十六年了，实际上种种举动，所以名实不符者，实在是完全受了数千年历史经历所支配，不克自拔。社会如此，个人亦如此，一人如此，众人亦如此。不独为世所诟病的军阀、官僚，难免此经历之支配，乃至现代蓬勃之青年，是否果能推翻经历，不受其支配？仔细思之，当然不敢自信。吾人一举一动、一言一行，所不为经历所干涉者，实不多见的。至于空间方面，亦复如是。现在中国经济状况，日趋贫乏，几乎有全国国民皆有无食之苦的景况。若想用人的力量去改这种不幸的情形，不是这一端改好，那一端又发生毛病；便是那一端改好，这一端又现出流弊。环境的势力，好似一条长链，互相牵掣，吾人的生活，便是在这全国环境互相牵掣的势力支配的底下决定，人为的改造，是不能实现的。小而言之，一个团体也是这样。凡一个学校，它有学风，某一个在这学校里念书的学生，当然受学风的影响和支配，想跳出学风以外，是不容易的。而这个学校的学风，又不是单独成立的，即与其他学校发生连带关系。譬如在北京某一学校，它的学风，不能不受全北京学校的学风的影响和支配，而不能脱离，就是这样。全北京的学风，影响到某一校；一校的学风，又影响到某一人。关系是如此其密切而复杂。所以社会在空间上给予人们的分限，是不可避免，而不易改造的。（三）个人固有的分限：在个人自身的性质、能力、身体、人格、经济诸方面，常有许多不由自主的状态，这便是个人固有的分限。这些分限，有的是先天带来的，有的是受了社会的影响自然形成的，然而其为分限则一。譬如有些人身体好，有些人身体坏。身体好的人每天做十多点钟的功课，不觉疲倦；身体弱的人每天只用功几点钟，便非常困乏，再不停止，甚至患病。像这种差别，是没有法子去平均和补救的。讲其原因，自然是归咎于父母的身体不强壮，才遗传这般的体质。这不独个人为然，即以民族而言，华人同欧美比较，相去实在很远。这都是以前的祖先遗留的结果，不是一时的现象；然而既经堕落到如此地步，再想齐驱并驾，实无方法可施。既日实行卫生，或可稍图改善，然一样的运动,一样的营养,而强者自强,弱者自弱,想立刻平等,是不可能的。才能、经济诸端,尤其易见:有聪明、有天才的人,一目十行,倚马万言;资质愚笨的人,自然赶他不上。有遗产的子弟,可以安富尊荣,卒业游学;家境困苦的人,自然千辛万苦,往往学业不完。这种分限,凡为人类,怎能逃脱?身体、才能,固然不能变易,即如物质方面之经济力,似乎可以转换,然而要将一个穷学生于顷刻中化为富豪,亦是不能实现的事。物质的限制尚且如此之难去,何论其他?个人分限,诚不可轻视的了。(四)对手方给予的分限:凡人固然自己要活动,然而同时别人也要活动,彼此原都是一样的。加之人的活动方面,对自然常少,而对于他人的常多,所以人们活动是最易和他人发生关系的。既然如此,人们活动的时候,那对手方对于自己的活动也很有影响,这影响就是分限了。人们对他人发生活动,他人为应付起见,发出相当的活动来对抗。于是自己起了所谓反应,反应也有顺的,也有逆的。遇见顺的,尚不要紧;遇见逆的,则自己的活动将受其限制,而不能为所欲为,于是便构成了对手方的分限。这可以拿施教育者与受教育者做个比方,施者虽极力求其领会,然受者仍有活动的余地,若起了逆的反应,这个教育的方法,便要失败。此犹言团体行为也,个人对个人也是如此,

Chapter 3
因存在而快乐

朋友、夫妇间的关系，何莫不然？无论如何任性的人，他的行为总难免反受其妻之若干分限，妻之方面亦同。人生最亲爱者，莫如夫妇，而对手方犹不能不有分限，遑论其他。犹之下棋，我走一着，人亦走一着，设禁止人之移棋，任我独下，自属全胜，无如事实不许，禁止他人，既难做到，而人之一着，常常与我以危险，制我之死命，于是不得不放弃预定计画，与之极力周旋，以求最后之胜利。此即对手分限之说，乃人人相互间，双方行为接触所起之反应了。

此四种分限——再加分析，容或更有——既经明了，只受一种之限制时，已足发生困难，使数十年之工作，一旦毁坏；然人生厄运，不止如是。实际上，吾人日常生活，几无不备受四种分限之包围和压迫。因此，假使有一不知命的人，不承认分限，甚至不知分限，或不注意分限，以为无论何事，我要如何便如何，可以达到目的。此种人勇气虽然很大，动辄行其开步走的主义，一往直前。可是，设使前边有一堵墙，拦住去路，人告诉他前面有墙，墙是走不过去的，而他悍然不顾，以为没有墙，我不信墙的限制，仍然前行。有时前面本是无墙，侥幸得以穿行，然已是可一不可再的成功。今既有墙，若是墙能任意穿行，自然很好，但墙实在是不能通过的东西。于是结果，他碰了墙，碰得头破脑裂，不得不回来。回来改变方向，仍是照这样碰墙，碰了几回之后，一经躺下，比任何软弱人还软弱，再无复起的希望。因他努力自信，总想超过他的希望，不想结果失望，自然一蹶不振。这种人的勇气，不能永久保持，一遇阻碍，必生厌倦。所以不知命——不信分限，专恃莽气的人是很难成功的。

儒家知命的话，在《论语》中有最重要的一句，便是批评孔子说"知其不可为而为之"那一句。可见知其一可为而为之——不知或不信分限，不是勇气；必要知其不可为而为之，才算勇气。明知山上有金矿，动手去掘的人，那算有勇？要明知不可为，而知道应该去做的人，才算伟大。这句话很可以表现孔子的全部人格，也可以作为知命与努力的注脚："知其不可为"便是知命，"而为之"便是努力。孔子的伟大和勇气，在此可以完全看出了。我们的科学家，或是梦想他的能力可以征服自然界，能够制止地震，固不算真科学家；或是因为知遇地震无法防止，便不讲预防之法，听其自然，也非真科学家。我们的真科学家，必具有下列的精神，便是明知地震是无法控制的，也不作谬妄的大言，但也不流于消极，仍然尽心竭力去研究预防的法，能够预防多少，便是多少，不因不能控制而自馁，也不因稍一预防而自夸。这种科学家才是真科学家，

Chapter 3
因存在而快乐

如我们所需要的。他们的预料,本来只在某一限度,限度之上就应当无效或失败,但他们知道应该做这种工作,仍是勤勉地去做着,尝试复尝试,不妨其多。结果如是失败,原不出其所料,万无失望的打击;幸而一二分的成功,于是他们便喜出望外了。知命之道,如此而已。

这种一二分的成功,为何可喜呢?因为世界的成功,都是比较的,无止境的。中国爱国的人,都想把国家弄得象欧美、日本一样富强,好似欧美、日本便是国家的极轨一样。谁知欧美、日本,也不见得便算成功,国中正有无穷的纷扰哩!犹如列子所语的愚公移山,他虽不能一手把很高的山移完,可是他的子孙能够继续着去工作,他及身虽止能见到移去一尺二尺,也是够愉快,比起来未见分毫的移动,强得多了。成功犹如万万里的长道,一人的生命能力,万不能走完,然而走到中途,也胜与终身不走的哩!所以知命者,明知成功之不可必,了解分限之不可逃,在分限圈制前提之下去努力,才是真能努力的人啊!

我们为何需要真正的努力,因为只有真正的努力,才可不厌不倦。人何以有厌倦,多因不知分限,希望过大,动遭失败,所以如此。知命的人,便无此弊。孔门学问,如"学而不厌,诲人不倦","为之不厌,诲人不倦","居之无倦","请益,曰:无倦","自强不息","不怨天,不尤人"诸端。所谓不厌、不倦、不息、不怨、不尤，都是不以前途阻碍而退馁，是消极的知命。如"学而时习之，不亦悦乎；有朋自远方来，不亦乐乎"，都是以稍有成功而自娱，是积极的努力。所以我们不止要排除尊己黜人的妄诞，也宜蠲去羡人恨己的忧伤，因这两者都于事实是无益的。我人徒见美国工人生活舒适，比中国资产阶级甚或过之，于是自怨自艾，于己之地位运动宁复有济？犹之豫湘人民，因罹兵灾，遽羡妒他省人民，又岂于事实有补？总之，生此环境，丁此时期，惟有勤勉乃身，委曲求全，其他夸诞怨艾之念，均不可存的。

孔子的"发愤忘食，乐以忘忧"工夫，实在是知命和努力的一个大榜样。儒家弟子，受其感化的，代不乏人。如汉之诸葛亮，固知辅蜀讨曹之无功，然而仍以"鞠躬尽瘁，死而后已"为职志者，深明"汉贼不两立，皇室不偏安"之义，晓得应该如此做去，故不得不做。此由知命而进于努力者也。又如近代之胡林翼、曾国藩，固曾勋业彪炳，而读其遗书，则立言无不以安命为本。因二公饱经事故，阅历有得，故谆谆以安命为言。此由努力而进于知命者也。凡人能具此二者，则作事时较有把握，较能持久。其知命也，非为懒惰而知命，实因镇定而知命；其努力也，非为侥幸而努力，实为牺牲而努力，既为牺牲而努力，做事自然勇气百倍,既无厌倦,又有快乐了。所以我们要学孔子的发愤忘食,便是学他的努力;要学孔子的乐以忘忧,便是学他的知命。知命和努力,原来是不可分离,互相为用的,再没有不相容的疑惑了。知命与努力,这便是儒家的一大特色,也是中国民族一大特色,向来伟大人物,无不如此。诸君持身涉世,如能领悟此一语的意义,做到此一层工夫,可以终身受用不尽!

一 个 问 题

胡适

我到北京不到两个月。这一天我在中央公园里吃冰，几位同来的朋友先散了；我独自坐着，翻开几张报纸看看，只见满纸都是讨伐西南和召集新国会的话。我懒得看那些疯话，丢开报纸，抬起头来，看见前面来了一男一女，男的抱着一个小孩子，女的手里牵着一个三四岁的孩子。我觉得那男的好生面善，仔细打量他，见他穿一件很旧的官纱长衫，面上很有老态，背脊微有点弯，因为抱着孩子，更显出曲背的样子。他看见我，也仔细打量。我不敢招呼，他们就过去了。走过去几步，他把小孩子交给那

Chapter 3
因存在而快乐

女的，他重又回来，问我道，"你不是小山吗？"我说，"正是。你不是朱子平吗？我几乎不敢认你了！"他说，"我是子平，我们八九年不见，你还是壮年，我竟成了老人了，怪不得你不敢招呼我。"

我招呼他坐下，他不肯坐，说他一家人都在后面坐久了，要回去预备晚饭了。我说，"你现在是儿女满前的福人了。怪不得要自称老人了。"他叹口气，说，"你看我狼狈到这个样子，还要取笑我？我上个月见着伯安、仲实弟兄们，才知道你今年回国。你是学哲学的人，我有个问题要来请教你，我问过多少人，他们都说我有神经病，不大理会我。你把住址告诉我，我明天来看你。今天来不及谈了。"

我把住址告诉了他，他匆匆的赶上他的妻子，接过小孩子，一同出去了。

我望着他们出去，心里想道：朱子平当初在我们同学里面，要算一个很有豪气的人，怎么现在弄得这样潦倒？看他见了一个多年不见的老同学，一开口就有什么问题请教，怪不得人说他有神经病。但不知他因为潦倒了才有神经病呢？还是因为有了神经病所以潦倒呢？……

第二天一大早，他果然来了。他比我只大得一岁，今年三十岁。但是他头上已有许多白发了。外面人看来,他至少要比我大十几岁。

他还没有坐定,就说,"小山,我要请教你一个问题。"

我问他什么问题。他说,"我这几年以来,差不多没有一天不问自己道:人生在世,究竟是为什么的?我想了几年,越想越想不通。朋友之中也没有人能回答这个问题。起先他们给我一个'哲学家'的绰号,后来他们竟叫我做朱疯子了!小山,你是见多识广的人,请你告诉我,人生在世,究竟是为什么的?"

我说,"子平,这个问题是没有答案的。现在的人最怕的是有人问他这个问题。得意的人听着这个问题就要扫兴,不得意的人想着这个问题就要发狂。他们是聪明人,不愿意扫兴,更不愿意发狂,所以给你一个疯子的绰号,就算完了。——我要问你,你为什么想到这个问题上去呢?"

他说,"这话说来很长,只怕你不爱听。"

我说我最爱听。他叹了一口气,点着一根纸烟,慢慢的说。以下都是他的话。

我们离开高等学堂那一年,你到英国去了,我回到家乡,生了一场大病,足足的病了十八个月。病好了,便是辛亥革命,把我家在汉口的店业就光复掉了。家里生计渐

Chapter 3
因存在而快乐

渐困难,我不能不出来谋事。那时伯安、石生一班老同学都在北京,我写信给他们,托他们寻点事做。后来他们写信给我,说从前高等学堂的老师陈老先生答应要我去教他的孙子。我到北京,就住在陈家。陈老先生在大学堂教书,又担任女子师范的国文,一个月拿的钱很多,但是他的两个儿子都不成器,老头子气得很,发愤要教育他几个孙子成人。但是他一个人教两处书,哪有工夫教小孩子?你知道我同伯安都是他的得意学生,所以他叫我去,给我二十块钱一个月,住的房子,吃的饭,都是他的,总算他老先生的一番好意。

过了半年,他对我说,要替我做媒。说的是他一位同年的女儿,现在女子师范读书,快要毕业了。那女子我也见过一两次,人倒很朴素稳重。但是我一个月拿人家二十块钱,如何养得起家小?我把这个意思回复他,谢他的好意。老先生有点不高兴,当时也没说什么。过了几天,他请了伯安、仲实弟兄到他家,要他们劝我就这门亲事。他说,"子平的家事,我是晓得的。他家三代单传,嗣续的事不能再缓了。二十多岁的少年,哪里怕没有事做?还怕养不活老婆吗?我替他做媒的这头亲事是再好也没有的。女的今年就毕业,毕业后还可在本京蒙养院教书,我已经替她介绍好了。蒙养院的钱虽不多,也可以贴补一点家用。他再要怕不够时，我把女学堂的三十块钱让他去教。我老了，大学堂一处也够我忙了。你们看我这个媒人总可算是竭力报效了。"

伯安弟兄把这番话对我说，你想我如何能再推辞。我只好写信告诉家母。家母回信，也说了许多"三代单传，不孝有三，无后为大"的话。又说，"陈老师这番好意，你稍有人心，应该感激图报，岂可不识抬举？"

我看了信，晓得家母这几年因为我不肯娶亲，心里很不高兴，这一次不过是借题发点牢骚。我仔细一想，觉得做了中国人，老婆是不能不讨的，只好将就点罢。

我去找到伯安、仲实，说我答应订定这头亲事，但是我现在没有积蓄，须过一两年再结婚。

他们去见老先生，老先生说，"女孩子今年二十三岁了，他父亲很想早点嫁了女儿，好替他小儿子娶媳妇。你们去对子平说，叫他等女的毕业了就结婚。仪节简单一点，不费什么钱。他要用木器家具，我这里有用不着的，他可以搬去用。我们再替他邀一个公份，也就可以够用了。"

他们来对我说，我没有话可驳回，只好答应了。过了三个月，我租了一所小屋，预备成亲。老先生果然送了一些破烂家具，我自己添置了一点。伯安、石生一些人发起一个公份，送了我六十多块钱的贺仪，只够我替女家做了

Chapter 3
因存在而快乐

两套衣服,就完了。结婚的时候,我还借了好几十块钱,才勉强把婚事办了。

结婚的生活,你还不曾经过。我老实对你说,新婚的第一年,的确是很有乐趣的生活。我的内人,人极温和,她晓得我的艰苦,我们从不肯乱花一个钱。我们只用一个老妈,白天我上陈家教书,下午到女师范教书,她到蒙养院教书。晚上回家,我们自己做两样家乡小菜,吃了晚饭,闲谈一会,我改我的卷子,她陪我坐着做点针线。我有时做点文字卖给报馆,有时写到夜深才睡。她怕我身体过劳,每晚到了十二点钟,她把我的墨盒纸笔都收了去,吹灭了灯,不许我再写了。

小山,这种生活,确有一种乐趣。但是不到七八个月,我的内人就病了,呕吐得很利害。我们猜是喜信,请医生来看,医生说八成是有喜。我连忙写信回家,好叫家母欢喜。老人家果然欢喜得很,托人写信来说了许多孕妇保重身体的法子,还做了许多小孩的衣服小帽寄来。

产期将近了。她不能上课,请了一位同学代她。我添雇了一个老妈子,还要准备许多临产的需要品。好容易生下一个男孩子来。产后内人身体不好,乳水不够,不能不雇奶妈。一家平空减少了每月十几块钱的进帐,倒添上了几口人吃饭拿工钱。家庭的担负就很不容易了。

过了几个月,内人身体复原了,依旧去上课,但是记挂着小孩子,觉得很不方便。看十几块钱的面上,只得忍着心肠做去。

不料陈老先生忽然得了中风的病,一起病就不能说话,不久就死了。他那两个宝贝儿子,把老头子的一点存款都瓜分了,还要赶回家去分田产,把我的三个小学生都带回去了。

我少了二十块钱的进款,正想寻事做,忽然女学堂的校长又换了人,第二年开学时,他不曾送聘书来,我托熟人去说,他说我的议论太偏僻了,不便在女学堂教书。我生了气,也不曾再去求他了。

伯安那时做众议院的议员,在国会里颇出点风头。我托他设法。他托陈老先生的朋友把我荐到大学堂去当一个事务员,一个月拿三十块钱。

我们只好自己刻苦一点,把奶妈和那添雇的老妈子辞了。每月只吃三四次肉,有人请我吃酒,我都辞了不去,因为吃了人的,不能不回请。戏园里是四年多不曾去过了。

但是无论我们怎样节省,总是不够用。过了一年又添了一个孩子。这回我的内人自己给他奶吃,不雇奶妈了。但是自己的乳水不够,我们用开成公司的豆腐浆代它,小孩子不肯吃,不到一岁就殇掉了。内人哭的什么似的。我

Chapter 3
因存在而快乐

想起孩子之死全系因为雇不起奶妈，内人又过于省俭，不肯吃点滋养的东西，所以乳水更不够。我看见内人伤心，我心里实在难过。

后来时局一年坏似一年，我的光景也一年更紧似一年。内人因为身体不好，辍课太多，蒙养院的当局颇说嫌话，内人也有点拗性，索性辞职出来。想找别的事做，一时竟寻不着。北京这个地方，你想寻一个三百五百的阔差使，反不费力。要是你想寻二三十块钱一个月的小事，那就比登天还难。到了中、交两行停止兑现的时候，我那每月三十块钱的票子更不够用了。票子的价值越缩下去，我的大孩子吃饭的本事越大起来。去年冬天，又生了一个女孩子，就是昨天你看见我抱着的。我托了伯安去见大学校长，请他加我的薪水，校长晓得我做事认真，加了我十块钱票子，共是四十块，打个七折，四七二十八，你替我算算，房租每月六块，伙食十五块，老妈工钱两块，已是二十三块钱了。剩下五块大钱，每天只派着一角六分大洋做零用钱。做衣服的钱都没有，不要说看报买书了。大学图书馆里虽然有书有报，但是我一天忙到晚，公事一完，又要赶回家来帮内人照应小孩子，哪里有工夫看书阅报？晚上我腾出一点工夫做点小说，想赚几个钱。我的内人向来不许我写过十二点钟的，于今也不来管我了。她晓得我们现在所处的境地,非寻两个外快钱不能过日子,所以只好由我写到两三点钟才睡。但是现在卖文的人多了,我又没有工夫看书,全靠绞脑子,挖心血,没有接济思想的来源,做的东西又都是百忙里偷闲潦草做的,哪里会有好东西?所以往往卖不起价钱,有时原稿退回,我又修改一点,寄给别家。前天好容易卖了一篇小说,拿着五块钱,所以昨天全家去逛中央公园,去年我们竟不曾去过。

我每天五点钟起来,——冬天六点半起来——午饭后靠着桌子偷睡半个钟头,一直忙到夜深半夜后。忙的是什么呢?我要吃饭,老婆要吃饭,还要喂小孩子吃饭——所忙的不过为了这一件事!

我每天上大学去,从大学回来,都是步行。这就是我的体操,不但可以省钱,还可给我一点用思想的时间,使我可以想小说的布局,可以想到人生的问题。有一天,我的内人的姊夫从南边来,我想请他上一回馆子,家里恰没有钱,我去问同事借,那几位同事也都是和我不相上下的穷鬼,哪有钱借人?我空着手走回家,路上自思自想,忽然想到一个大问题,就是"人生在世,究竟是为什么的?"……我一头想,一头走,想入了迷,就站在北河沿一颗柳树下,望着水里的树影子,足足站了两个钟头。等到我醒过来走回家时,天已黑了,客人已走了半天了!

因存在而快乐

自从那一天到现在，几乎没有一天我不想到这个问题。有时候，我从睡梦里喊着"人生在世，究竟是为什么的？"

小山，你是学哲学的人。像我这样养老婆，喂小孩子，就算做了一世的人吗？……

民国八年

美感与人生

傅斯年

我平生不曾于美感上加以有条理的研究，没有读过讲论美感的书，又很少把自身的经验加以深思的剖解。虽时常有些感动心脾的境界——如听到好听的音乐，便觉得这身子像散作气体样的；步行山中，虽头昏眼花，总不知道倦意，等等。凡人皆有的感情——总难得把这境界用意思显出来，这意思又很难用语言表达。在有文学技能的人还不能逻辑的表达于诗文之内，有同感的人，自然界也能不逻辑的心领神会，偏我又不能。若作逻辑的文章表达这些思想，更是难事。所以我平常所得的这类经历，只好放在心里久久忘去就是了。

在 Tydeus 船上写一封信给北京的朋友们，偶有两句说到自然的美，发了小小的议论，引起我的好朋友俞君平伯和我的一大块泛滥不知所归的辩论。当时辩论，忿于言色；过后想想，可发一笑。终究不如把我对于这类的感想写下，一时想到的而又可以用话表达的个大概来，免为在肚里闷着腐败。虽说"今年所作明年必悔"，但应悔的见解正多，添一个不加多。我就在篇端声明，这篇见解只是一个不学的人的直觉的感想，而且是在船上神魂闷倦时写的。

任凭何人，都很容易感觉疲劳。任凭何时，都很容易受些苦痛。从皮面看，疲劳、苦痛好像人生的最不幸事，但实际上疲劳、苦痛并不能把人生糟蹋得怎样了；有时疲劳、苦痛越多，人生前进得越猛。所以然者，第一靠着疲劳、疾苦有些报酬物，得到报酬物，登时把疲劳、苦痛丢得远远的；第二靠着有个建造新鲜精神的原力，这原力建造出新鲜精神，就把那被疲劳、苦痛所糟蹋的补足填满。所以人生如波，一伏一起，一消一长。消长之间，见出趣味；趣味之内，证了人生。但这些报酬物和原力是什么？现在颇难条条举出。随便举两个例：Mill 在他所做的 *On Liberty*（即《论自由》）的前面写下百多字的个 Delication（献辞），上边说："她的（他夫人的，在做这本书时已死）契合赞诺是我著述的苦痛的惟一报酬物。"又说："我若能把她当年契合的意思的一半传布到世人，这本书就真是了不得的了。"（原文记不精确，姑举其意）从他这一往情深的话头，可以显出他的精神安顿的所在，他的精神就安顿在他的夫人的智慧情感上。他的夫人的智慧情感，就是他为著作直接所得的疲劳、间接所得的苦痛的惟一报酬物，并且是他的新鲜精神的建造者。这也不限于 Mill，世人这般的正多。所以古人常常的想，有了可以通情契意的夫人，就可以捐弃一生的世间牵连，而去归隐。再举一例：一个人辛苦极了，听到舒畅的音乐，偏能把辛劳疾苦舒畅得干干净净；若又听到鼓荡的音乐，又要把这心境鼓励到天空去。当这时节，如是富于感情的人，他这心里当说不出怎么好了。能明白这音乐的人，自然有许多境界，就是不明白音乐的人，也不免把心绪随着这音乐声宽窄高下疾徐。感动得浅了，还不过是些心动手动脚动的情感；感动得深了，竟能至于肉体感觉发生变动，觉得脚不着地、头发不着皮，这身子仿佛要去化做气体。从此疲劳补满，更出产些新精神。这类的事倒正多。一切自然界的宏美，艺术界的真丽，都可随时随地引人生一种"我与物化"的情感，不必一一举例了。

所以多趣味的人就是能多收容精神界滋养品的人，能

Chapter 3
因存在而快乐

多劳苦而不倦怠的人，能有归宿地的人。少趣味的人，纵然身躯极强固，意志极坚定，但时不免有两种危险来袭击。疲劳极了，苦痛多了，而无精神的安慰与酬报，不免生趣渐渐枯槁起来，久了，意志动机都成死灰。或者疲劳极了，苦痛多了，而无精神上的安慰与酬报，不免对于精神生活生一种捐弃的决心，转而单图物质的受用，于是乎大大溃决了。不知道这种生活的趣味，哪知道这种生活的可爱？不知道这种生活的可爱，哪能把这种生活保住得牢？

所以凭我一时揣想，有趣味的生活是能发展的生活，能安慰的生活，这是从积极方面说起；又是能保险的生活，这是从消极方面说起。

人各有所好，常常为他所好的缘故，把他的事业、名誉、生命、信仰都牺牲了。但这罪过不在乎他有所好，而在乎他所好的错了。无好的人，每每是最无用的人或者竟是死人。所以无论为自己、为公众、为快乐、为道理，都应该择选一个最适当的所好，而"阿其所好"。

但好得不是路了，每每扰乱了别人，殉了自己。"以此教人，固不爱人；以此喻己，亦不爱己"。独有美感的爱好，对得起自己，同时一样地对得起别人。这因为爱好美感和爱好别的物事有些根本的不同。一来爱好美感的心理是匀净的，不像爱好别的起些千丈高波，生些万难事故。

纵然有时爱好它深了,以至于一往情深,恋念郁结,神魂飞动,满身的细胞起了变化,错误了世间一切真真实实的事,毕竟不过心神上的盘旋,他自己生出了无数趣味,却不曾侵夺了别人的无数趣味。二来爱好美感,是自己的利害和别人的利害一致的。不比好别的物事,每每这里得了,那里就失。三来爱好别的,每每重在最后的获得。获得之前,先捐上无数苦恼,一旦得了,或终究不得,不免回想,以前"为谁辛苦为谁甘",于是乎最后落到一个空观去。独有美感的爱好,要零零碎碎的取偿,它的目的平分散到时时刻刻——就是并没有最后的总目的——自然时时取偿,刻刻刈获,接连不断的发新精神。先上来不必积上些苦恼,末了也不到于反动,出一个空观,所以最慰贴。四来爱好别的,越爱私心越发达,爱好美感竟能至于忘了"自我",而得我与物的公平。五来爱好别的,每每利害的分辨甚强,每每以智慧判断最后的究竟。我说句大胆话,我近来颇疑心智慧的效用。我觉得智慧颇少创造力,或者竟能使人种种动念,卷成灰烬,那些想到"可怕的内空"(Awful inner emptiness)的人,何尝不是智慧领着他寻得一个"大没结果"呢?至于爱美感,先去了利害的观念,安所容其得失之心?所以美感有创造的力量……六来……七来……正多着呢,我也说不清了。

Chapter 3
因存在而快乐

　　总而言之，人若把他的生活放在一个美感的世界里面，可以使得生活的各面兴趣多多实现。更活泼、更有生趣、更能安慰、更能觉得生活与自然是一个人，不是两件事。人的生趣全在乎小己和身外一切的亲切；人的无趣——就是苦恼——全在乎小己和身外一切的不亲切。所以趣味发作起来，世界可以成一个大家；趣味干枯起来，一个人在精神上"索居而离群"，丧失了一切生活的乐境。总而言之，美感是趣味的渊源；趣味是使生活所以为生活者。

　　人生与趣味本有拆不开的关系：后一种是本体，前一种不过被附着的躯壳。一旦本体失丧，只剩了躯壳，人对于这躯壳是并不爱惜的。这话怎样讲呢？我们仔细想，我们实在有比人生还爱的东西，不然，何以拿着人生当孤注，拼命冒险寻它呢？更有比掉了人生——就是死——还不爱的东西，不然何以有时不惜掉了人生，或者避了人生的意义——就是离群索居呢？人为什么才活着？这本是一个最难回答的问题。但从常识上证起，也可以简单的根本解答，就是人为取得生趣而活着。什么是取得生趣？就是求获精神上的满足——或者可说安慰。一旦精神上不得满足，不能安慰，并没有生趣了，顿时觉得人生一无价值。从古来有些很沉痛的说话，可以证明这道理。《诗经》上，"有生如此，不如无生"！小青也学古人说，"未知生乐，焉知死悲"？有些思想家大大赞美人生，但他们所赞美的，依然是被生活所凭托的东西——生趣——并非是凭托生趣的东西——生命。又有些思想家大大毁谤人生，以为人应该看破这假面的人生，丢了它，避了它，或者安安稳稳的送它终，然后得到解脱，但他们所得依然是被生活所凭托的东西——生趣——并非是凭托生趣的东西——生命。他们以为生趣是无趣，是苦痛。他们以为人生和苦痛不可分离，所以诅咒苦痛的结果，忽然变成诅咒人生。他们本无所憾于人生，只恨人生所恐的苦痛，人生只不过是代人受过。从此解来，可知人的最上目的，并不是人命的取得，而是生趣的取得。只为生趣不能脱离生命而自存，所以就误以作凭托物的生命为最后的究竟。通常习而不察，觉得人在世间的一切行为、思想、感情、设施等等，皆为达生命的目的而作，实是误以形体为含性而忘了含性了。一旦当生命生趣冲突时，略能见出人所求、人所爱者，不在形体，而在含性，所以当有人为取得精神上之安慰，而牺牲了生命。

一般的见解，以为人生是无上的东西。这话的是否，全靠解释人生这一个名词。如果把人生讲作生命而止，很觉得有些不可通，如果把它作人生的含义便觉稳当得许多。

我现在简单的陈列于下边：

Chapter 3
因存在而快乐

人并不是为活着而活着，只为达到他的生趣而活着。所以生活并不是人类最普遍最原始的目的，不过是达到他这最普遍最原始的目的一种手段，偏偏这一种手段是最大的一种手段，所以就误以手段为目的。

但更深一层想来，手段目的的分别简直有些根本上难成立。如以生命为目的，我们固可以称人生一切物事为手段，因为这些不过是——看来像是——达到这生命一个目的的。但若照上文说的，人生的目的在生趣。那么，"目的"两字用得也就很牵强了。生趣就文义说来，只是一个抽象名词，就实际说，是时时处处散见在一人生活中的一切事体。既是零零碎碎的一切事体，那么人生的意义、精神和祈祷，正是零零碎碎的、日用寻常的所包含的一种解说。所以人生的目的就是人生的手段，倒转来说，人生的手段，就是人生的目的。那一切零零碎碎的事物所含包的一切意趣，就是人生的目的，同时也是人生的手段。分碎了就是手段，打总了说是目的。客观着说只是一件东西，不过解释上分两面罢了。

那么，通常所称为人生的一切手段都有它自己的目的，也就是人生的目的。譬如学问，通常说是一个手段，达到较上生活那一个目的的，但较上生活并不是一件独立的东西,就住在学问里,所以我们竟可说,"我们为学问的缘故而学问"。人生有无数的分体散住在处处。每一个有趣味的物事里边住着一个人生之"分体",所以每个有趣味——对人性发生趣味——的物事,有个至上的目的。所以我们为学问的缘故而学问,为行为的缘故而行为,为情感的缘故而感动……所以我们要重视我们平生所接触的有趣味的物事,不宜以这些物事是助兴趣而无关宏旨的。

人是群性的动物,所以自性质上说,人断不愿索居而离群,非特不愿,而且不能。但何以从古以来很有些"避世避地"的人呢?这是因为人有一种"自事自"的为我根性,觉得群中之乐,敌不过世间之苦,想逃世间之苦,不得不弃捐了群中之乐。但群中之乐终是不愿,而且不能弃捐的,所以结果一定是弃而不弃。一面矫揉造作的"避世避地",一面又把世间地上的药,用空中楼阁的眼光,取掩耳盗铃的方法,矫揉造作的从世间地上的苦中抽出,加在自然物身上。所以"与木石居,与鹿豕游"的人,总是把群性加在木石鹿豕身上,觉得这些东西都含着些天机人性,有群趣,有爱情,可以和他们沟通心意,简直是自己的朋友。所以人并不能完全的离群,最多不过离下这个群,自己给自己另造一个群,丢了不愿意接触的,而把愿意接触的部分,以意为之的搬到一个新地域去就是了。这新地域总是自然界，所以可往这自然界里搬的缘故，总因为这自然界里含着一种美性，从此可知美性与群性的关合。

问这索居离群一个办法究竟对不对？却不容易简单回答。从社会的道理论起，就现代的眼光看来，简直是大愚，而且是罪恶。我平日常想，中国人只有一个真不道德，就是卑鄙龌龊；和一个假道德，就是清高。清高是胆怯、懒惰两种心理造成的，若论它造出的结果，简直可以到了"洪水横流"。但平情想来，这也是专制时代必生的反响，专制不容社会的存在，所以在"没有社会的时代"自然要生没有社会的思想。但虽说可恕，却也很不可学。这话说来极长，和本题没有关系，不便多说。若就别一方面论起，他们也有他们的道理。他们能知道人生与自然是可以相遇的，而且实行使他们相遇起来。所差者"一往不返"，做得太过度了。

我在上文说，他们是"空中楼阁"，是"掩耳盗铃"，是"以意为之"，是"矫揉造作"，仿佛都是贬词。这不过随便用来形容他们的不同常情，并不就是说他们毫无道理。他们不是的方面放下不论，专说他们有道理的地方。他们能明白美感，领受美感，所以才能把人生的一部分放在自然的身上。美感是人生与自然相同的东西，人生中有和谐的旨趣，于是引人生美感；自然中有同样的和谐的旨趣，于是引人生同样的美感。虽然所施的方向不同样，所有的作用却是同样。美感又是人生与自然相遇的东西。这话就是说：人生与自然相遇于美感之内。

人生的范围是怎样的？颇不容易断定地方，从一方面论起，人生全在自然界里边，人生的现象全是自然界的现象；但从别一方面论起，自然界全在人生里边，一草一木，一芥一尘，大的如海洋，小的如点水，远的如恒星，近的如寒暑，都是直接或间接供人生往美感上去的东西。自然界里没有一件东西不供人生之用，自然界里没有一种意义不与人生切合。所以人生有个普遍性，所以人生是无往不在的。就是那最远的恒星里，离着我们人万万万万里，也含人生的意味。

这个人生在自然界的普遍性，最好从美感里看出。美感引人和身外的物亲切，又引人因身外的物的刺激，而生好动性。以好动的心境，合亲切的感情，于是乎使人生与自然界的一切东西发生深厚复杂的关系，于是乎使人生的意味更浓。我们除非说人生也是虚的，便不能不承认美感的价值，便不能不承认美感中有实在——因为人生实在。既这样，美感应该是我们的一种信仰（以上是地中海舟中所作，以下是今日补成的）。

问美感的由来是客观的呢，还是主观的呢？要回答这个问题，先要注意什么是主观？什么是客观？天地间的东西，本没有绝对客观的，都是以人性为之解释而生的见解。但主观又因范围不同，而生真实上的等别；个人的主观每每是偏见，人性的主观——就是普遍及于人类的——便是科学上的真实，通常称作客观。美感的真实和科学一样，并不少些。例如说：一人为美感所引，精神飞越，旁边的个人，对此毫不生如何感触，这可说是主观的了。但实际研究，又不是这样的。一来必须有引你神魂飞越的可能性，你的神魂才飞越，并不是你无中生有。二来你对此神魂飞越，别人不然，并不是你多些，是别人少些。你能比别人感受自然多一点，不是你杜撰，即不是主观。三来美感是个能发生效验的东西，他的效验应人而发，等度可量，所以不是玄眇的——个性的主观的。总而言之，美感和理性都有客观的真实，不能以理性宰割美感，不能说一个是客观的实体，一个是主观的私见，因为它俩都是我们人类的精灵和自然界的含性所接触而生的东西，效力一般的大，实证一般的多。

我上次那个通信里（就是第一段里的）有一句说：

> 自然的美引人。据我凭定着想：形态的美，引人的文学思想；组织的美，引人的科学思想；意识的美，又能助

宗教与哲学的发达。

因这几句话的争执，平伯和我写了很长的信，还不曾完结，现在事隔三月，追想论点何在，再也不能了，只好待后来若再想起时再说罢。

但美感之效用，诚不只上句话里说的。深处姑不论，只就最浅而易见的地方说，已很有伟大的范围。

人生的苦痛，每每由于两种相反的心思交战。一面固不能"索居而离群"，一面又很觉得"倦厌风尘"。所以静也不是，动也不是，一面觉得静得无聊，一面觉得动得无趣。然而美感是一件极流荡的东西、极不停止的东西，我们和它合作，精神是极流动的。心上有若干提醒，知觉界里有足数动机，习染得好，自然行事上很难动作，而又不滞于形骸之内，有极好的空气，最深彻的精神。但美感引人的动，却又大和物质引人不一样。物质把人引去，人便流连不返；情感的流动引人，虽很发扬，却忘不了深彻的境界。

人生每每困在争物料的所有权一个境地里，所以把物料的用处也弄错了，所以把人生的意味也变黑暗了。人的世界里，必要作野兽的行为。但自然的美谁也不能对着称所有者，即美之凭借人工者——为公园公林之类——也决没有由人据为私有而发生更大趣味的事。我这意思是说，大家享受，比一人享受还有趣，决不会一人享受别有趣。就是人为的美术，也还是供给大家看的有趣。所以情感极高彻的人，每每是极勇敢、淡泊、服公的人。我到欧洲来，觉得欧洲陈列馆、博物院、公园草地之多，大可为造就未来世界的张本。为造就未来那个合作的互助世界，此刻所要预备的：一是造这世界的组织法；二是造这世界的德素。前一项里，欧洲人的工业组会、消费组会、工团等等，已大大可观；后一项里，这些引人生无私的美感的公共博物院与园林，也大有用处。

世人的人格粗略可以分做三级：最下是不能用形骸的人；上之者，能用形骸而不能不为促于形骸的人；最上是能用形骸而又不为促于形骸的人。这种深彻的人格，不能只靠知识为表率，全在乎感情之培养。

上文说了许多，大旨只是证明一件事：就是美感与人生说来既是不相离的。我们更要使它俩结合，造一个美满的果。一种人把美感当作好奇好古的意思去做，是大大错的，我们必须：

（1）以人生自然（To personify the nature），就是不使自然离了人生。

（2）以自然化人生（To naturalize the nature），就是

不使人生徇恶浊的物质。

上两件事的结合便是古代希腊的文化。希腊文化是要学的，因为它的文化最是"人的文化"。我们并不需要超人的文化（罗马）和超自然的文化（犹太）。以希腊文化的精神，自然产生雅典的 Democracy（民主）世界。现在这个世界里，物质渊源这样大，智慧发展这样广，若果发达这个自然与人生结合的趋向，自然要比希腊人的成绩更进一层了。

拿一个合作的互助世界，去换这个竞争的资本世界，天然要有比现在更有人性的感情，去建设去。

这篇文章太觉词不达意了，前后又不是一时作的，末尾又是匆匆补上，一切意思都觉说不出来，很对读者抱歉。

Chapter
——
4

生
有
热
烈
，
藏
于
俗
常

在日常生活中看出艺术的情味来，
我们所见的世界，就处处美丽，我们的生活就处处滋润了。

学会艺术的生活

丰子恺

原本我们初生入世的时候，最初并不提防到这世界是如此狭隘而使人窒息的。

我们虽然由儿童变成大人，然而我们这心灵是始终一贯的心灵，即依然是儿时的心灵，只不过经过许久的压抑，所有的怒放的、炽热的感情的萌芽，屡被磨折，不敢再发生罢了。这种感情的根，依旧深深地伏在做大人后的我们的心灵中。这就是"人生的苦闷"根源。

我们谁都怀着这苦闷，我们总想发泄这苦闷，以求一次人生的畅快。艺术的境地，就是我们所开辟的、来发泄这生的苦闷的乐园。我们的身体被束缚于现实，匍匐在地上。然而我们在艺术的生活中，可以暂时放下我们的一切压迫与负担，解除我们平日处世的苦心，而做真的自己的生活，认识自己的奔放的生命。我们可以瞥见"无限"的姿态，可以体验人生的崇高、不朽，而发现生的意义与价值了。艺术教育，就是教人以这艺术的生活的。知识、道德，在人世间固然必要，然倘若缺乏这种艺术的生活，纯粹的知识与道德全是枯燥的法则的纲。这纲愈加繁多，人生愈加狭隘。

所谓艺术的生活，就是把创作艺术、鉴赏艺术的态度来应用在人生中，即教人在日常生活中看出艺术的情味来。倘能因艺术的修养，而得到了梦见这美丽世界的眼睛，我们所见的世界，就处处美丽，我们的生活就处处滋润了。

艺术教育就是教人用像作画、看画一样的态度来对世界；换言之，就是教人学做孩子，就是培养小孩子的这点"童心"，使他们长大以后永不泯灭。童心，在大人就是一种"趣味"。培养童心，就是涵养趣味。大人与孩子，分居两个不同的世界。儿童对于人生自然，另取一种特殊的态度，即对于人生自然的"绝缘"的看法。哲学地考察起来，"绝缘"的正是世界的"真相"，即艺术的世界正是真的世界。人类最初，天生是和平的、爱的。所以小孩子天生有艺术态度的基础。

世间教育儿童的人，父母、老师，切不可斥儿童的痴呆，切不可把儿童大人化，宁可保留、培养他们的一点痴呆，直到成人以后。因为这痴呆就是童心。童心，在大人就是一种"趣味"。培养童心，就是涵养趣味。小孩子的生活，全是趣味本位的生活。我所谓培养，就是做父母、做老师的人，应该乘机助长，修正他们的对于事物的看法。要处处离去因袭，不守传统，不照习惯，而培养其全新的、纯洁的"人"的心。对于世间事物，处处要教他用这个全新的纯洁的心来领受，或用这个全新的纯洁的心来批判选择而实行。

认识千古大谜的宇宙与人生的，便是这个心。得到人生的最高愉悦的，便是这个心。赤子之心。

孟子说："大人者，不失其赤子之心者也。"所谓赤子之心，就是孩子的本来的心，这心是从世外带来的，不是经过这世间的造作后的心。明言之，就是要培养孩子的纯洁无疵、天真烂漫的真心，使成人之后，"不为物诱"，能主动地观察世间，矫正世间，不致被动地盲从这世间已成的习惯，而被世间结成的罗网所羁绊。

常人抚育孩子，到了渐渐成长，渐渐脱去其痴呆的童心而成为大人模样的时代,父母往往喜慰,实则这是最可悲哀的现状!因为这是尽行放失其赤子之心,而为现世的奴隶了。

匆 匆

朱自清

燕子去了，有再来的时候；杨柳枯了，有再青的时候；桃花谢了，有再开的时候。但是，聪明的，你告诉我，我们的日子为什么一去不复返呢？——是有人偷了他们罢：那是谁？又藏在何处呢？是他们自己逃走了罢：现在又到了哪里呢？

我不知道他们给了我多少日子；但我的手确乎是渐渐空虚了。在默默里算着，八千多日子已经从我手中溜去；像针尖上一滴水滴在大海里，我的日子滴在时间的流里，没有声音，也没有影子。我不禁头涔涔而泪潸潸了。

去的尽管去了，来的尽管来着；去来的中间，又怎样地匆匆呢？早上我起来的时候，小屋里射进两三方斜斜的太阳。太阳他有脚啊，轻轻悄悄地挪移了；我也茫茫然跟着旋转。于是——洗手的时候，日子从水盆里过去；吃饭的时候，日子从饭碗里过去；默默时，便从凝然的双眼前过去。我觉察他去的匆匆了，伸出手遮挽时，他又从遮挽着的手边过去，天黑时，我躺在床上，他便伶伶俐俐地从我身上跨过，从我脚边飞去了。等我睁开眼和太阳再见，这算又溜走了一日。我掩着面叹息。但是新来的日子的影儿又开始在叹息里闪过了。

在逃去如飞的日子里，在千门万户的世界里的我能做些什么呢？只有徘徊罢了，只有匆匆罢了；在八千多日的匆匆里，除徘徊外，又剩些什么呢？过去的日子如轻烟，被微风吹散了，如薄雾，被初阳蒸融了；我留着些什么痕迹呢？我何曾留着像游丝样的痕迹呢？我赤裸裸来到这世界，转眼间也将赤裸裸的回去罢？但不能平的，为什么偏要白白走这一遭啊？

你聪明的，告诉我，我们的日子为什么一去不复返呢？

紫藤萝瀑布

宗璞

我不由得停住了脚步。

从未见过开得这样盛的藤萝，只见一片辉煌的淡紫色，像一条瀑布，从空中垂下，不见其发端，也不见其终极，只是深深浅浅的紫，仿佛在流动，在欢笑，在不停地生长。紫色的大条幅上，泛着点点银光，就像迸溅的水花。仔细看时，才知那是每一朵紫花中的最浅淡的部分，在和阳光互相挑逗。

这里春红已谢，没有赏花的人群，也没有蜂围蝶阵。有的就是这一树闪光的、盛开的藤萝。花朵儿一串挨着一串,一朵接着一朵,彼此推着挤着,好不活泼热闹!

"我在开花!"它们在笑。

"我在开花!"它们嚷嚷。

每一穗花都是上面的盛开、下面的待放。颜色便上浅下深,好像那紫色沉淀下来了,沉淀在最嫩最小的花苞里。每一朵盛开的花像是一个张满了的小小的帆,帆下带着尖底的船,船舱鼓鼓的;又像一个忍俊不禁的笑容,就要绽开似的。那里装的是什么仙露琼浆?我凑上去,想摘一朵。

但是我没有摘。我没有摘花的习惯。我只是伫立凝望,觉得这一条紫藤萝瀑布不只在我眼前,也在我心上缓缓流过。流着流着,它带走了这些时一直压在我心上的关于生死的疑惑,关于疾病的痛楚。我浸在这繁密的花朵的光辉中,别的一切暂时都不存在,有的只是精神的宁静和生的喜悦。

这里除了光彩,还有淡淡的芳香,香气似乎也是浅紫色的,梦幻一般轻轻地笼罩着我。忽然记起十多年前家门外也曾有过一大株紫藤萝,它依傍着一株枯槐,爬得很高,但花朵从来都稀落,东一穗西一串伶仃地挂在树梢,好像在察言观色,试探什么,后来索性连那稀零的花串也没有了。园中别的紫藤花架也都拆掉,改种了果树。那时的说法是,花和生活腐化有什么必然关系。我曾遗憾地想:这里再看不见藤萝花了。

　　过了这么多年，藤萝又开花了，而且开得这样盛，这样密，紫色的瀑布遮住了粗壮的盘虬卧龙般的枝干，不断地流着，流着，流向人的心底。

　　花和人都会遇到各种各样的不幸，但是生命的长河是无止境的。我抚摸了一下那小小的紫色的花舱，那里满装生命的酒酿，它张满了帆，在这闪光的花的河流上航行。它是万花中的一朵，也正是由每一个一朵，组成了万花灿烂的流动的瀑布。

　　在这浅紫色的光辉和浅紫色的芳香中，我不觉加快了脚步。

光 阴

陆蠡

我曾经想过,如若人们开始爱惜光阴,那末他的生命的积储是有一部分耗蚀的了。年青人往往不知珍惜光阴,犹如拥资巨万的富家子,他可以任意挥霍他的钱财,等到黄金垂尽便吝啬起来,而懊悔从前的浪费了。

我平素不大喜爱表和钟这一类东西。它金属的利齿窸窸瑟瑟地将光阴啮食,而金属的手复的的答答地将时间一分一秒地数给我。当我还有丰余的生命留在后面,在时光的账页上我还有可观的储存,我会像一个守财虏,斤斤计较寸金和寸阴的市价么?偶然我抬头望到壁上的日历,那

Chapter 4
生有热烈，藏于俗常

种红字和黑字相间的纸页把光阴划分成今天和明天。谁说动物中人是最聪明的？他们把连续的时间分成均匀的章节，费许多精神去较量它们的短长。最初他们用粗拙的工具刻划在树皮上代表昼夜，现在的人们则将日子印在没有重量的纸条上。每逢揭下一张来，便不禁想："啊！又过了一天！"

怎样我会起了这些古怪的念头呢？是最近的一个秋日的傍晚，我在近郊散步，我迎着苍黄的落日走过去，复背着它的光辉走回来，足踩着自己的影子。"我是牵着我的思想在散步，"我对自己说。"我是踪蹑着我的影子，看我赶不赶得过它？"我一面走一面自语。"我在看我自己影子的生长，看它愈长愈快，愈快愈长，"我独语。总之，我是在散步罢了。我携着我的思想一同散步。它是羞怯得畏见阳光，老躲在我的影子里。使得我和它谈话，不得不偏过头去，伛偻着身子，正如一个高大的男子低头和身边的女子说话，是那么轻声地，絮絮地。

我们走着走着，不知从那里来的一枚树叶，飘坠在我们的脚前。那样轻，怕跌碎的样子。要不是四周是那么静寂，我准不会注意。但我注意到了，我捡了起来，我试想分辨它是什么树叶？梧桐的，枫槭的，还是樗栎的？但我恍若看到这不是一张树叶，分明是一张日历，一张被不可见的手扯下来的日历。这上面写着的是一个无形的字:"秋。"

"秋!"我微喟一声。

"秋,秋,"我的思想躲在我的影子里和答我。

我感到有点迟暮了。好像这个字代表一段逝去的光阴。

"逝去的光阴,"我的思想如刁钻的精灵,摸着了我的心思。

"光……阴,"这两个平声的没有低昂的字眼,在我的耳边震响。

光阴要逝去么?却借落叶通知我。我岂不曾拥有过大量的光阴,这年青人唯一的财产,一如富贾之子拥有巨资。我曾是光阴富有者。同时我也想起了两个惜阴的人。

正是这样秋暖的日子,在很早很早以前。家门前的禾场上排列着一行行的谷箪、在阳光下曝晒着田里新收割来的谷粒。芙蓉花盛开着。我坐在它的荫下,坐在一只竹箩里面,——我的身子还装不满一竹箩——我玩着谷堆里捉来的蚱蜢螳螂和甲虫,我玩着玩着,无意识地玩去我的光阴。祖父是爱惜光阴的。他匆匆出去,匆匆回来,复匆匆出去,不肯有一刻休息。但是他珍惜也没有用,他仅有不多的光阴。等到他在一个悄然的夜晚,撇下我们而去时,我还不懂他为什么要离开我们,原来他把光阴用尽了。

Chapter 4
生有热烈，藏于俗常

还是在不多年以前，父亲写信给我说："你现在长大了，应该知道光阴的可贵。听说你在学校里专爱玩，功课也不用功……"父亲也珍惜起光阴来了。大概他开始忧光阴之穷匮，遂于无意中把忧心吐露给我。在当时我不是能领会的。我仍是嫌光阴过得太慢。"今天是星期一呢！"便要发愁。"什么时候是圣诞节呢？"虽则我并不喜欢这异邦的节日。"怎样还不放假呢？"我在打算怎样过那些佳美的日子。光阴是推移得太慢了，像跛脚的鸭子。于是我用欢笑去噪逐它，把它赶得快些。正如执棰的孩子驱着鸭群，嗯哨起快活的声音促紧不善于行的水禽的脚步，我曾用欢笑驱赶我的光阴。

"你曾用欢笑驱赶你的光阴。"我的思想像"回声"的化身，复述我的话。

但是很久不那么做了。竟有一次我坐在房里整半天不出去。我伏在案前，目视着阳光从桌面的一端移到另一端。我用一根尺，一只表，来计算阳光的足在我的桌面移动的速度，我观察了计算了好久。蓦然有一种感触浮起在我的脑际，我为什么干这玩意儿呢？我看见了多少次阳光从我的桌面爬过，我有多少次看见阳光从我的窗口探入，复悄悄地退出。我惯用双手交握成各种样式，遮断它的光线，把影子投在粉壁上，做出种种动物的形状，如一头羊，一只螃蟹，一只兔；或则喝一口水，朝阳光喷去，令微细的水滴把光线散成彩虹的颜色。何时使我的心变成沉重，像吝啬的老人计数他的金钱，我也在计算光阴的速度呢？我曾讥笑惜阴人之不智，终也让别人来讥笑自身么？

"你也在计算光阴的速度了。"我的思想像喜灾乐祸似的，揶揄我。

真的，我在计算光阴的速度了。我想到光阴速度的相对性，得到这样的结论：感觉上的光阴的速度是年龄的函数。我试在一张白纸上列出如下的方程式："光阴的速度等于年龄的正切的微分。"当年龄从零岁开始，进入无知的童年，感觉上的光阴速度是极微渺的。等到年龄的角度随岁月转过了半个象限（我暂将不满百的人生比作一个象限，半个象限是四十五岁了），正切线的变化便非常迅速。光阴流逝的感觉便有似白驹，似飞矢，瞬息千里了。我想了又想，渐渐陷入了一个不能自拔的思索的阱里。想到我自己在人生的象限上转过了几度呢？犹如作茧自缚，我自己衍出方程式而复把自己嵌在这式子里面，我悲哀了。

"你自己衍出方程式而复把自己嵌在里面。"思想嘤然回答，已无尖酸的口吻。

但是我无法改正这方程式，这差不多是正确的。在我的智识范围内不能发现它的错误。啊，悲哀的来源，我想把这公式从我的脑筋中擦去,已是不可能。正如我刚才捡起来的树叶,无法把它装回原来的枝上。我重新谛视这片叶,上面仍依稀显现着无形的字:"秋"。

另一天,从另一枝柯上,会有不可见的手扯下另一片树叶——是一张日历——那上面写的应该是另一个字,"冬"!

"冬",我的思想似乎失去了回答的气力。

"秋,……冬",又是两个没有低昂的平声的字眼,像一滴凉水滴进我的心胸,使我有点寒意。我不能再散步了,我携着我的思想走回家,正如那西洋妇人携着她的狗,施施归去。此后我就想起:如若人们开始爱惜光阴,那末他的生命的积储是有一部分耗蚀的了。

秋 天

李广田

　　生活,总是这样散文似地过去了,虽然在那早春时节,有如初恋者的心情一样,也曾经有过所谓"狂飙突起",但过此以往,船便永浮在了缓流上。夏天是最平常的季候,人看了那绿得黝黑的树林,甚至那红得象再嫁娘的嘴唇似的花朵,不是就要感到了生命之饱满吗?这样饱满无异于"完结",人不会对它默默地凝视也不会对它有所沉思了。那好象要烤焦了大地的日光,有如要把人们赶进墙缝里去一般,是比冬天还更使人讨厌。

　　而现在是秋天了,和春天比较起来,春天是走向"生"

的路，那个使我感到大大的不安，因为我自己是太弱了，甚至抵抗不过这自然的季候之变化，为什么听了街巷的歌声便停止了工作？为什么听到了雨滴便跑出了门外？一枝幼芽，一朵湿云，为什么就要感到了疯狂？我自恨不能和它鱼水和谐，它鼓作得我太不安定了，我爱它，然而我也恨它，即至到夏天成熟了，这才又对它思念起来，但是到了现在，这秋天，我却不记得对于春天是些什么情场了，只有看见那枝头的黄叶时，也还想：这也象那"绿柳才黄半未匀"的样子，但总是另一种意味了。我不愿意说秋天是走向"死"的路，——请恕我这样一个糊涂安排——宁可以把"死路"加给夏天，而秋天，甚至连那被人骂为黑暗的冬天，又何尝不是走向"生"的路呢，比较起春与夏来，我说它更是走向"生"路的。我将说那落叶是为生而落，而且那冰雪之下的枝条里面正在酝酿着生命之液。而它们的沉着的力，它们的为了将来，为了生命而表现出来的这使我感到了什么呢？这样的季候，是我所最爱的了。

但是比较起冬天来呢，我却又偏爱了秋。是的，就是现在，我觉得现在正合了我的歌子的节奏。我几乎说不出秋比冬为什么更好，也许因为那枝头的几片黄叶，或是那篱畔的几朵残花，在那些上边，是比较冬天更显示了生命，不然，是在那些上面，更使我忆起了生命吧，一只黄叶，一片残英,那在联系着过去与将来吧。它们将更使人凝视,更使人沉思,更使人怀想及希冀一些关于生活的事吧。这样,人曾感到了真实的存在,过去,现在,将来,世界是真实的,人生是真实的,一切都是真实的,所有的梦境,所有的幻想,都是无用的了,无用的事物都一幕幕地掣了过去,我们要向着人生静默,祈祷,来打算一些真实的事物了。

在我,常如是想:生活大非易事,然而这一件艰难的工作,我们是乐得来作的。诚然是艰难,然而也许正因为艰难才有着意义吧。而所谓"好生恶死"者,我想并非说是:"我愿生在世上,不愿死在地下。"如果不甚荒谬,我想该这样说:"我愿走在道上,不愿停在途中",死不足怕,更不足恶,可怕而可恶的,而且是最无意味的,还不就是那停在途中吗?这样,所谓人生,是走在道上的了。前途是有着希望的,而且路是永长的。希望小的人是有福了,因为他们可以早些休息,然而他们也最不幸,因为他们停在途中了,那干脆不如到地下去。而希望大的人的呢,他们也是有福的吗?绝不,他们是更不幸的,然而人间的幸与不幸,却没有什么绝对的意义,谁知道幸的不幸与不幸之幸呢。路是永长的,希望是远大的,然而路上的荆棘呀,手脚的不利呀,这就是所谓人间的苦难了。但是这条路是要走的，因为人生就是走在道上啊，真正尝味着人生苦难的人，他才真正能知道人生的快乐，深切地感到了这样苦难与快乐者，是真的意味到了"实在的生存"者。这样，还不已经足够了吗？如果，你以为还不够，或者你并不需要这样，那我不知道你将去找什么，——是神仙呢，还是恶魔？

话，说得有些远了，好在我这篇文章是没有目的的，现在再设法拉它回来，人生是走在道上，希望是道上的灯塔，但是，在背后推着前进，或者说那常常在背后给人以鞭策的是什么呢？于此，让我们来看看这秋天吧！实在的，不知不觉地就来到秋天了，红的花已经变成了紫，紫的又变了灰，而灰的这就要飘零了，一只黄叶在枝头摇摆着，你会觉到它即刻就有堕下来的危机，而当你踽踽地踏着地下的枯叶，听到那簌簌的声息，忽而又有一只落叶轻轻地滑过你的肩背飞了下来时，你将感到了什么呢？也许你只会念道，"落了！"等到你漫步到旷野，看见那连天衰草的时候，你也许只会念道，"衰了！"然而，朋友们，你也许不曾想到西风会来得这样早，而且，也不该这样凄冷吧，然而你的单薄的衣衫，已经是很难将息的了。"全家都在秋风里，九月衣裳未剪裁"，这在我，年年是赶不上时令，年年是落在了后边的。懑怨时光的无情是无用的，而更可怕的还是人生这件事故吧。到此，人不能不用力地翘起了脚跟，伸长了颈项，去望一望那"道上的灯塔"。而就在这里，背后的鞭子打来了，那鞭子的名字叫做"恐怖"。生活力薄弱的我们，还不曾给"自己的生命"剪好了衣裳，然而西风是吹得够冷的了！

我真不愿看见那一只叶子落了下来，但又知道这叶落是一回"必然"的事，于是对于那一只黄叶就要更加珍惜了，对于秋天，也就更感到了亲切。当人发现了自己的头发是渐渐地脱落时，不也同样地对于头发而感到珍惜吗？同样的，是在这秋天的时候来意味着我们的生活。春天曾给人以希望，而秋天所给的希望是更悠远些，而且秋天所给与的感应是安定而沉着，它又给了人一支恐怖的鞭子，因为人看了这位秋先生的面容时，也不由得不自己照一照镜子了。

给了人更远的希望，向前的鞭策，意识到了生之实在的，而且给人以"沉着"的力量的，是这正在凋亡着的秋。我爱秋天，我对于这荒凉的秋天有如一位多年的朋友。

散文三试

靳以

苦痛和快乐

我逡巡在苦痛和快乐的边沿上，小心地迈着我的脚步；原以为它们中间有遥远的距离，不曾想它们却是那么相近。我左右顾盼，它们就在我的两边。我的胸中充满了愉悦和恐惧，我只得更小心地迈着我的脚步。

我不怕苦痛，可是我也不拒绝快乐。这么长久的时日，我只在苦痛的沉渊中泅泳。它虽然是静止的，可是它的波面上停留不住一粒细尘。我用绝望的声音歌唱着我那痛苦的心，从遥远的天边外，响着微细的回应；我的眼前倏地闪了一道光,我瞥见快乐的影子,但当我伸出手去,全身俯就它的时候,它却远逝了。

是谁把我拖上来的,我记不清了。我只知道我是被一只温柔的、好像无力的手把我牵引上来了。我重复看见花,看见树,看见了穿碎白云的飞鸟。我用感激的目光追寻,可是没有一个人在我的面前。我低下头来,看到附着我心上的永不磨灭的影子,原来他早已投入了我的胸怀。

我从苦痛的沉渊中爬出,站起身来,才看到快乐原来就在面前。可是我转回头去,我又望到仍在苦痛中的一群。我虽不曾自去攫得快乐,把苦痛掷给别人,可是我也不忍心独自跨过去,无视他们的苦痛。我们的苦痛是一个,快乐也是一个。我们都要跨到快乐中去。我看着我那无力的两手,我不知道先向谁伸出去。我注视着他们,每一张脸都是我熟悉的,都是不曾被苦痛淹没而怀着希望的微笑的。我们共过苦痛的,我怎么能把他们遗忘在苦痛之中?

我奋力引他们上来,一个又是一个,虽然在困苦中,他们仍有浓厚的兄弟般的爱情,他们并不争先。可是我的力量还是不济了,当我又引着一个的时候,几乎把我又拖下去,幸亏有另外的两只手拉住我,我回头观望,原来是早被我引上来的得到苏息的人的手。

我望着他,好像说:"你应该休息啊!"

他望着我,好像回答:"当着我的同伴还在苦痛中,我不能安心休息的。"

于是我们共同伸出手去,共同把陷在那中间的都引上来。我们都从苦痛中抬起头来,站直了身子,还是我们那一群,一齐大步向快乐中走去。我们最快乐,因为我们所得到的是穿过苦痛的快乐。

生命与爱

我抬起眼来,无数的雪白的云朵向上飞翔,我细心观望,原来是浴着朝阳的鸽群,愉悦地飞向蓝天的阔胸。

那边,高摩天际的大树的高枝上,正有小鸟快乐地叫跳着;一头小松鼠,钻到尖顶,扬着鼻子望过那一片无垠的湛蓝,便迅速地沿着树干奔下来了。那树还缠绕着青青的藤蔓,开着小蓝花,在空隙的所在还有像安放在那里的小圆菌。美丽而骄傲的牵牛,从黑夜的磨难中过来,满心都是泪,迎着初起的太阳。小草顶着一滴露水,一星光辉,昂着它们的头。土地都微微地动着,原来那下边还有不被看到的想翻到地面上来……

啊,生命是无所不在的,爱也无所不在。

我有生命,我也有爱。我有旺盛的生命,我有固执的爱情。我用我的爱情,滋育我的生命的树,使它在大地间矗立，不怕大风雨的摇撼。让它满身流着血，全是伤，只要它能托住天的一角，不使荫蔽在它下面的蒙受些微的损伤。为了他人的生命，我要生命；为了他人的爱情，我要爱情。爱使生命丰富，爱使一个生命联起又一个生命。为什么太阳从早到晚用殷切的眼热望着受难的大地？为什么绕着太阳的月亮以太阳的光为光又转照着人间？为什么潮水如约汹涌地奔向海岸，在岩石间留下它的话语？为什么星星和流萤相互地眨着眼睛？为什么人能忘了自己，用发亮的眼睛凝望，随时都有可以奉献的生命，就是自己的生命不在，欣喜地看着他人享受生命？是这爱情使天地广大，是这爱情使日夜分明，是这爱情拯救了受难的人群，是这爱情使一颗心成为万颗心——一人的生命联起万人的生命。

如果生命没有爱情，太阳不顾恋地远去了，月亮不再有光；海水涸了，不再有波浪，土地把树掷出去，星星也四散消逝了，流萤跌在地上。人们互相恨着，像鸵鸟一样钻到岩穴里，等待着死亡。不，不，我想没有一个人甘心世界这样达到它的末日，这不是为自己不到百年的生存，是为了那必须继续下去的、永不灭亡的人群。

我歌颂生命，我歌颂使生命常青的爱情。我爱自己的生命，我更爱别人的生命。我不因为我那困苦的生命就加以诅咒，我用爱来洗净它的困苦，我用爱使别人的生命丰富，使别人享受他们生命的内容。

让我们同声歌唱吧，让我们同声欢呼吧，当着我的力量还没有失去，我的爱情还浓重，我的生命还健壮的时候，让我的歌使太阳对大地更亲切，星月更明亮，涛声作为我的低音，萤火是照亮了我的曲谱的微光。人们不再只是无助地互望，用他们有力的臂膀，尽情地拥抱，都有了生命，都有了爱，得到了宇宙的大和谐。

如果我的生命不在，就把我的爱在人间留下来。

希望的花朵

若是没有那希望的金色小虫，最后从装满人间灾难的宝匣中飞出来，人类怕早已达到灭亡的境地了吧？

希望使种子发芽，希望使枯树抽条，希望使生命带来了新的生命，希望给人间装点了无数的美丽的花朵。

如果当夜之后没有白昼，人们看到沉下去的太阳，不只是悲伤，还要对统治人间的无尽的黑暗发着抖吧！无边的夜啊，该只把人带到灭亡。如果种子是死在土地里，谁还肯大把地撒在地上？如果树是不生叶子的，谁还要它站在那里遮住生长万物的阳光？因为有希望，才有热，才有光，才有生长。

当希望的花朵闪在你的眼前,谁还能迷醉般地闭起眼睛,只等待一个美梦?希望引你大睁着眼,充满了喜悦和坚信,伸出你的双手,顺着它的路向前走,你要奔向前去,用你全身的力量冲刺,直到你把它抓到手中。希望的花朵不是一颗,在你的掌中,它就化成无数颗。你把它分给你的同行者,让每个人都捧着他的美丽的希望的花朵。

告诉我,当着希望的花朵开在你的手中,你要什么?

你要幸福,是么?也要我的幸福,——啊啊,还要万万人的幸福。我们不能只想到自己的幸福就忘了别人的,正如同我们不能看重了自己的生命便忽略了别人的生命。你要笑么?不,我要你歌唱,把你的歌唱,投在宇宙间的大和谐中,让你的歌声把那和谐送到至高的天空。

你知道,我是多么喜欢你的声音!你的歌唱好像在我的面前筑起一条七色的虹桥,我毫不恐惧地走了上去。迎在我前面的是透明的、蔚蓝的天空;随在我后面的,是不尽的万人的行列。我们是从污秽中来,我们是从困苦中来,我们是从无望的悲伤中来。我还忘记了,我们每人的手中早就捧着希望的花朵。有了面前的希望,我们才能在那缤纷的彩桥上跨着脚步,不战颤,不打抖。万人的希望结成一个大的希望,万人的快乐集成一个大的快乐,万人的歌声汇成天地间的最大的最强的声音。

我们一直等待这个大和谐了，凡是能发音的都歌唱，歌唱自己的快乐和幸福，歌唱万人的快乐和幸福。尽管我们的声音有高低，可是没有一个人障住别人的音路。若是水，我们就是朝一个方向流；若是风，我们就是朝一个方向吹；若是歌，我们就有一个相同的曲调；若是有爱情，我们就该尽情地拥抱。让我们的理想是一个，快乐是一个，让我们的生命也合成一个，因为我们的手中都有一颗最大的、最美丽的、希望的花朵。

一九四六年四月六日江边

多识于鸟兽草木之名

废名

孔子命小孩子学诗,说诗可以兴,可以观,可以群,可以怨,迩之事父,远之事君,还要加一句"多识于鸟兽草木之名"。没有这个"多识于鸟兽草木之名",上面的兴观群怨事父事君没有什么意义;没有兴观群怨事父事君,则"多识于鸟兽草木之名"也少了好些意义了,虽然还不害其为专家。在另一处孔子又有犹贤博弈之义,孔子何其懂得教育。他不喜欢那些过着没有趣味生活的小子。

我个人做小孩时的生活是很有趣味的,因为良辰美景独往独来耳闻目见而且还"默而识之"的经验,乃懂得陶

Chapter 4
生有热烈，藏于俗常

渊明"怀良辰以孤往"这句话真是写得有怀抱。即是说"自然"是我做小孩时的好学校也。恰巧是合乎诗人生活的原故，乃不合乎科学家，换一句话说，我好读书而不求甚解，对于鸟兽草木都是忘年交，每每没有问他们的姓名了。到了长大离乡别井，偶然记起老朋友，则无以称呼之，因此十分寂寞。因此我读了孔子的话，"多识于鸟兽草木之名！"我佩服孔子是一位好教师了。倘若我当时有先生教给我，这是什么鸟，这是什么花，那么艺术与科学合而为一了，说起来心向往之。

故乡鸟兽都是常见的，倒没有不知名之士，好比我喜欢野鸡，也知道它就是"山梁雌雉"的那个雉，所以读山梁雌雉子路拱之时，先生虽没有讲给我听，我自己仿佛懂得"子路拱之"，很是高兴，自己坐在那里跃跃欲试了。我喜欢水田白鹭，也知道它的名字。喜欢满身有刺的猬，偶然看见别的朋友捉得一个，拿了绳子系着，羡慕已极。我害怕螳螂，在我一个人走路时，有时碰着它，它追逐我，故乡虽不是用"螳螂"这个名字，有它的土名，很容易称呼它，遇见它就说遇见它了。现在我觉得庄子会写文章，他对于螳螂的描写甚妙，因为我从小就看惯了它的怒容了。

在五祖山中看见松鼠，也是很喜欢的，故乡也有它的

生活的
出命本色

土名,不过结识松鼠时我自己已是高小学生,同了百十个同学一路旅行去的,它已不算是我个人的朋友了。再说鱼,却是每每不知道它的名字,只是回来向大人说今天我在河里看见一尾好鱼而已。后来做大学生读《庄子》,又是《庄子》!见其说"鯈鱼出游从容",心想他的鱼就是我的鱼罢,仿佛无从对证,寂寞而已。实在的,是庄子告诉我这个鱼的名字。

在草木方面,我有许多不知名,都是同我顶要好的。好比薜荔,在城墙上挂着,在老树上挂着,我喜欢它的叶子,我喜欢它的果实,我仿佛它是树上的莲花,——这个印象决不是因为"木莲"这个名字引起来的,我只觉得它是以空为水,以静穆为颜色罢了,它又以它的果实来逗引我,叫我拿它来抛着玩好了。若有人问我顶喜欢什么果,我就顶喜欢薜荔的果了,它不能给人吃,却是给了我一个好形状。即是说给了我一个好游戏。它的名字叫做薜荔,一名木莲,一直到大学毕业以后才努力追求出来的,说起来未免贻笑大方。还有榖树我知道它的名字,是我努力从博学多能躬行君子现在狱中的知堂老人那里打听出来的,我小时只看见它长在桥头河岸上,我望着那红红的果子,真是"其室则迩,其人则远",可望而不可即了,因为我想把它摘下来。在故乡那时很少有果木的,不比现在到处

Chapter 4
生有热烈，藏于俗常

有橘园，有桃园，有梨园，这是一个很好的进步，我做小孩子除了很少很少的橘与橙而外不见果树了。或者因为如此，我喜欢那榖树上的几颗红果。不过这个理由是我勉强这么说，我不懂得我为什么喜欢它罢了，从现在看来它是没有什么可喜欢的。这个令我惆怅。再说，我最喜欢芭茅，说我喜欢芭茅胜于世上一切的东西是可以的。我为什么这样喜欢它呢？这个理由大约很明白，我喜欢它的果实好玩罢了，像神仙手上拿的拂子。这个神仙是乡间戏台上看的榜样。它又像马尾，我是怎样喜欢马，喜欢马尾呵，正如庾信说的，"一马之奔，无一毛而不动"，我喜欢它是静物，我又喜欢它是奔放似的。我当时不知它是芭茅的果实，只以芭茅来代表它，后来正在中学里听植物学教师讲蒲公英，拿了蒲公英果实给我们看，说这些果实乘风飞扬，我乃推知我喜欢芭茅是喜欢芭茅的果实了，在此以前我总想说它是花。故乡到处是芭茅做篱笆，我心里喜欢的芭茅的"花"便在蓝天之下排列成一种阵容，我想去摘它一枝表示世间是一个大喜欢，因为我守规矩的原故，我记得我没有摘过一枝芭茅。只是最近战时在故乡做小学教师才摘芭茅给学生做标本。

又是一年芳草绿

老舍

悲观有一样好处，它能叫人把事情都看轻了一些。这个可也就是我的坏处，它不起劲，不积极。您看我挺爱笑不是？因为我悲观。悲观，所以我不能板起面孔，大喊："孤——刘备！"我不能这样。一想到这样，我就要把自己笑毛咕了。看着别人吹胡子瞪眼睛，我从脊梁沟上发麻，非笑不可。我笑别人，因为我看不起自己。别人笑我，我觉得应该；说得天好，我不过是脸上平润一点的猴子。我笑别人，往往招人不愿意；不是别人的量小，而是不像我这样稀松，这样悲观。

我打不起精神去积极的干，这是我的大毛病。可是我不懒，凡是我该作的我总想把它作了，纯为得点报酬养活自己与家里的人——往好了说，尽我的本分。我的悲观还没到想自杀的程度，不能不找点事作。有朝一日非死不可呢，那只好死喽，我有什么法儿呢？

这样，你瞧，我是无大志的人。我不想作皇上。最乐观的人才敢作皇上，我没这份胆气。

有人说我很幽默，不敢当。我不懂什么是幽默。假如一定问我，我只能说我觉得自己可笑，别人也可笑；我不比别人高，别人也不比我高。谁都有缺欠，谁都有可笑的地方。我跟谁都说得来，可是他得愿意跟我说；他一定说他是圣人，叫我三跪九叩报门而进，我没这个瘾。我不教训别人，也不听别人的教训。幽默，据我这么想，不是嬉皮笑脸，死不要鼻子。

也不是怎股子劲儿，我成了个写家。我的朋友德成粮店的写账先生也是写家，我跟他同等，并且管他叫二哥。既是个写家，当然得写了。"风格即人"——还是"风格即驴"？——我是怎个人自然写怎样的文章了。于是有人管我叫幽默的写家。我不以这为荣，也不以这为辱。我写我的。卖得出去呢，多得个三头五块的，买什么吃不香呢。卖不出去呢，拉倒，我早知道指着写文章吃饭是不易的事。

稿子寄出去，有时候是肉包子打狗，一去不回头；连个回信也没有。这，咱只好幽默；多喒见着那个骗子再说，见着他，大概我们俩总有一个笑着去见阎王的。不过，这是不很多见的，要不怎么我还没想自杀呢。常见的事是这个，稿子登出去，酬金就睡着了，睡得还是挺香甜。直到我也睡着了，它忽然来了，仿佛故意吓人玩。数目也惊人，它能使我觉得自己不过值一毛五一斤，比猪肉还便宜呢。这个咱也不说什么，国难期间，大家都得受点苦，人家开铺子的也不容易，掌柜的吃肉，给咱点汤喝，就得念佛。是的，我是不能当皇上，焚书坑掌柜的，咱没那个狠心，你看这个劲儿！不过，有人想坑他们呢，我也不便拦着。

这么一来，可就有许多人看不起我。连好朋友都说："伙计，你也硬正着点，说你是为人类而写作，说你是中国的高尔基；你太泄气了！"真的，我是泄气，我看高尔基的胡子可笑。他老人家那股子自卖自夸的劲儿，打死我也学不来。人类要等着我写文章才变体面了，那恐怕太晚了吧？我老觉得文学是有用的；拉长了说，它比任何东西都有用，都高明。可是往眼前说，它不如一尊高射炮，或一锅饭有用。我不能吆喝我的作品是"人类改造丸"。我也不相信把文学杀死便天下太平。我写就是了。

别人的批评呢？批评是有益处的。我爱着批评，它多少给我点益处；即使完全不对，不是还让我笑一笑吗？自己写的时候仿佛是蒸馒头呢，热气腾腾，莫名其妙。及至冷眼人一看，一定看出许多错儿来。我感谢这种指摘。说的不对呢，那是他的错儿，不干我的事。我永不驳辩，这似乎是胆儿小；可是也许是我的宽宏大量。我不便往自己脸上贴金。一件事总得由两面儿瞧，是不是？

对于我自己的作品，我不拿她们当作宝贝。是呀，当写作的时候，我是卖了力气，我想往好了写。可是一个人的天才与经验是有限的，谁也不敢保了老写得好，连荷马也有打盹的时候。有的人呢，每一拿笔便想到自己是但丁，是莎士比亚。这没有什么不可以的，天才须有自信的心。我可不敢这样，我的悲观使我看轻自己。我常想客观的估量估量自己的才力；这不易作到，我究竟不能像别人看我看得那样清楚；好吧，既不能十分看清楚了自己，也就不用装蒜。谦虚是必要的，可是装蒜也大可以不必。

对作人，我也是这样。我不希望自己是个完人，也不故意的招人家的骂。该求朋友的呢，就求；该给朋友作的呢，就作。作的好不好,咱们大家凭良心。所以我很和气，见着谁都能扯一套。可是，初次见面的人，我可是不大爱说话；特别是见着女人，我简直张不开口，我怕说错了话。在家里,我倒不十分怕太太。可是对别的女人老觉着恐慌，我不大明白妇女的心理；要是信口开河的说，我不定说出什么来呢，而妇女又爱挑眼。男人也有许多爱挑眼的，所以初次见面，我不大愿开口。我最不喜辩论，因为红着脖子粗着筋的太不幽默。我最不喜欢好吹腾的人，可并不拒绝与这样的人谈话；我不爱这样的人，但喜欢听他的吹。最好是听着他吹，吹着吹着连他自己也忘了吹到什么地方去，那才有趣。

可喜的是有好几位生朋友都这么说："没见着阁下的时候，总以为阁下有八十多岁了。敢情阁下并不老。"是的，虽然将奔四十的人，我倒还不老。因为对事轻淡，我心中不大藏着计划，作事也无须耍手段，所以我能笑，爱笑；天真的笑多少显着年青一些。我悲观，但是不愿老声老气的悲观，那近乎"虎事"。我愿意老年轻轻的，死的时候像朵春花将残似的那样哀而不伤。我就怕什么"权威"咧，"大家"咧，"大师"咧，等等老气横秋的字眼们。我爱小孩，花草，小猫，小狗，小鱼；这些都不"虎事"。偶尔看见个穿小马褂的"小大人"，我能难受半天，特别是那种所谓聪明的孩子，让我难过。 比如说，一群小孩都在那儿看变戏法儿，我也在那儿，单会有那么一两个七八岁的小老头说："这都是假的！"这叫我立刻走开，心里堵上一大块。世界确是更"文明"了，小孩也懂事懂得早了，可是我还愿意大家傻一点，特别是小孩。假若小猫刚生下来就会捕鼠，我就不再养猫，虽然它也许是个神猫。

　　我不大爱说自己，这多少近乎"吹"。人是不容易看清楚自己的。不过，刚过完了年，心中还慌着，叫我写"人生于世"，实在写不出，所以就近的拿自己当材料。万一将来我不得已而作了皇上呢，这篇东西也许成为史料，等着瞧吧。